# 殷夫：我是时代的尖刺

殷 夫◎著

世界文化名人经典文库

哈尔滨出版社
HARBIN PUBLISHING HOUSE

图书在版编目（CIP）数据

殷夫：我是时代的尖刺 / 殷夫著 . -- 哈尔滨：哈尔滨出版社，2021. 1（2025.9重印）
ISBN 978-7-5484-5693-3

Ⅰ. ①殷… Ⅱ. ①殷… Ⅲ. ①诗集－中国－当代②短篇小说－小说集－中国－当代 Ⅳ. ① I227 ② I247. 7

中国版本图书馆 CIP 数据核字（2020）第 211000 号

书　　名：殷夫：我是时代的尖刺
YINFU: WO SHI SHIDAI DE JIANCI

作　　者：殷　夫　著
责任编辑：赵宏佳　尉晓敏
责任审校：李　战
特约编辑：李　路　唐婷婷
装帧设计：秦　强

出版发行：哈尔滨出版社（Harbin Publishing House）
社　　址：哈尔滨市松北区世坤路 738 号 9 号楼　邮编：150028
经　　销：全国新华书店
印　　刷：天津光之彩印刷有限公司
网　　址：www.hrbcbs.com　www.mifengniao.com
E-mail：hrbcbs@yeah.net
编辑版权热线：（0451）87900271　87900272
销售热线：（0451）87900202　87900203

开　　本：660mm × 960mm　1/16　印张：12　字数：72 千字
版　　次：2021 年 1 月第 1 版
印　　次：2025 年 9 月第 2 次印刷
书　　号：ISBN 978-7-5484-5693-3
定　　价：59.80 元

# 目录

## ▲作品·诗歌

## ▲作品·小说

## ▲后记 · 关于殷夫

# 作品·诗歌

# 最后的梦

我从一联队的梦中醒来，
窗外还下着萧瑟的淫雨，
但恐怖的暗重云块已经消散，
远处有蛙儿谈着私语。

哟，我在最后的梦中看见了你，
你像女神般端正而又严肃，
你的身后展开一畦绿的野地，
我无可慰藉地在你脚下泣哭。

“若是你对我还有，还有一些温意，
那末你说吧，说一句‘我爱’。
若是你那颗心终也没有我的居留地，
你只要轻笑着说：‘滚蛋！’”

“——你的身世，漂泊，烦恼，我同情；
我只当你是我一个可怜的弟弟，
因为我的心，我的心留在远的都城，

我不能背了他，背了他说‘我爱你’。”

“……罪恶的爱！罪恶的爱！……

呵，爱到今日再不是独有的私产，

未来的社会是大家庭的世界，

千百万个爱你，你爱千百万。”

“若你是个紫外线儿，或 X 光，

你一定总窥见了我的心怀，

你试看它的血波多末激荡，

不久，失望的情火要烧它成焦炭。”

“我说过我是一颗春笋，

坚壁的泥中埋藏了我的青年，

我今日是，是切望着光的温吻，

请哟，请说：‘弟，立起来！’”

“……我吻着你了，你的朱唇，

冷颤颤地不胜春寒，

姊妹哟，即使你只给我一个冷的吻，

我心中也爆了新生的火山。”

# 夜的静默

夜不唱歌，夜不悲叹，
巷尾暗中敲着馄饨担，
闹钟的啜泣充满亭子间。

我想起我幼小情景，——
鹤群和鸽队翱翔的乡村，
梦的田野，绿的波，送饭女人……

黑的云旗，风车的巨翼，
青苍苍的天空也被吞吃，
颤动的雷声报告恶消息：

燕儿归，鸽群回，女人回家去，
红的电，重的雷，愤怒的诗句，
狂风暴雨之暴风和狂雨。

## 流浪人短歌

冷幽幽的微风袭上胸口，
呵，我只穿着一件衬衫，
身旁走动着金的衣，珠的纽，
落拓的穷人也要逛夜来。

不见那边电影院口耀明灯，
电灯也高傲地向着你眨眼，
还不是嘲弄地给你询问——
“我们的门下你可要进来？”

大商店开着留声机，
广东的调儿也多风韵，
跳舞场里漏出颓废乐音，
四川路的夜已经深沉。

电车没有停，汽车飞奔，
咖啡店的侍女扬着娇音，
黄包车夫，搔头，脱了帽，

在街头，巷口，店前，逡巡。

我走着路，暗自骄傲，
空着手儿也走街沿，
也不搔头，又不脱帽，
只害得爱娇的姑娘白眼……

哈，哈，姑娘，彩花的毒蛇，
理去，理你蛊惑人心的艳装！
我不是孤高怨命的枯蝉，
我的褴褛是我的荣光。

你白领整装的 Gentleman，
脑儿中也不过是些污秽波浪，
女人的腿，高的乳峰柔的身，
社会的荣誉，闪光的金洋。

巍峨挺天的邮政总局，
铁的门儿深深闭紧，
汽窗也漏出人类幽哭，
厚墙，坚壁可难关住声音。

桥的这边多白眼，
桥的那面耸高屋，

苏州河边景凄凉，

灯影乱水惹痛哭！

我不欲回头走刺路，

我不欲过桥攀高屋，

凉夜如水雾如烟，

我要入河洗个泪水浴……

# 无题的 |

## 一

沉醉
天！
无从排遣！
湖面，银灰色的水，
青天，铅片，
小桨散线，
远乌清脆。

煤烟——
蔽目的灰
纷飞！
摩托车在路上驰追，
暗角有女人叫"来……"
电车暴嗔！
来个洋人，撞了满面……

## 二

是夜间时辰，

火车频频的尖着声音，

楼上有人拉着胡琴，

“馄饨……点心……”

有牌儿声音，

乞儿呻吟，

——

都市的散文！

## 三

篱笆旁边，

臭味冲天，

上面写着大字威严，

“此处不准小便”

流着黄，绿，白的曲线，

滚着肥肥的白蛆累累。

呵，此地在溃烂，

名字叫做“上海”！

## 四

写着字，

光线渐死，

注意！

油已经到底！

都市有电灯，

不装给穷人。

1929 年春，流浪中。

## 意识的旋律

银灰色的湖光，
五年前的故乡；
山也清，水也秀，
鳞波遍吻小叶舟，
平和，惰怠的云，
渺茫，迷梦似的心，
在波风黑暗的高台，
遥望 Milky-Way 上的天仙。
星星在苍空上闪耀，
憧憬的芽儿破晓。

南京路的枪声，
把血的影迹传闻，
把几千的塔门打开，
久睡的眼儿自外探窥，
在群众中羞怯露面，
抛露出仇恨，隘狭语箭！
实际！实际！第三实际！

“科学！”旋律迫至中央 C。

呵！高音的节奏，
山高的浪头！
《月光曲》的序幕开展，
洪大的巨波起落地平线！
碧绿的天鹅绒似的波涛，
在天边，天边，夹风怒嚎！
卷上昆仑的高顶，
振动满缀石窟的长城！
愤怒的月儿血般地放光，
叛逆的妖女高腔合唱！
流血，复仇，冲锋，杀敌，
新的节拍越增越急！
黄浦滩上唱出高音，
苏州河旁低回着呻吟！
炮，铁甲车，步声，怒吼，
新的旗帜飘上了人头！
三次的流血，流血，流血，
无限的坚决，坚决，坚决！
“四一二”的巨炮振破欢调，
哭声夹着了奸伪的狂笑！
颤音奏了短音阶的缓曲，英雄受着无限的屈辱！
报仇！报仇，报仇！

Dec，11 喊破了广州！
白的黑衣掩了红光，
五千个无辜尸首沉下珠江，
滔天的大浪又沉没了神州，
海的中心等候着最大的锤头！

最高，最强，最急的音节！
朝阳的歌曲奏着神力！
力！力！力！大力的歌声！
死！胜利！决战的赤心！
朝阳！朝阳！朝阳！
憧憬的旋律到顶点沸扬，
金光！金光！金光！
手下生出了伟大翅膀，
旋律离了键盘，
直上，直上天空飞翔，飞翔！飞翔！

1929 年 4 月 23 日

# 在一个深秋的下午

那正是青空缀浮鳞云，
碎波在周遭追奔，
镜般的海洋冷照了我的心，
我怎忘了你的红晕，姑娘？

你的短发，散在微语风中，
你的眼珠儿，绒样柔黑，
你抚摸着栏杆凝望，
哟，远处的地线也有我的心。

沙鸥和爱的轻歌徜徉，
初起的金风带来飘渺的梦魂，
投在那颗雪珠似的水沫上吧，
在藻叶荫下建筑我的坟茔。

我幻见一朵五旬的玫瑰开了
姑娘，你当时若真说："跳！"
带着我爱的辽遥的幽音，
我投到在屈于的怨灵。

1928 年，于象山。

# 给母亲

我不怪你对我一段厚爱，
你的慈恺，无涯，
但我求的是青春的生活，
因为韶光一去不再来。

那灼人的玫瑰花儿影，
燃心的美甜梦景，
要会一旦袭入你古老脑幕，
我不须在深夜呻吟。

但现在，我也有新的生命，
不怕浪漫的痴情再缠萦心庭，
在深夜山风呼啸掠过，
我聆听到时代悲哀的哭声。

此后，我得再造我的前程，
收回转我过往的热情，
热情固灼燃起青春旧灰，
但也叫着我去获得新生。

1928年，于西寺。

# 幻象

和风中，我依窗向月凝望，
月哟，孤凉地注射银光，
消隐了，玉兔和金桂香，
青空中，浮动着，
我的幻象，永久的幻象。

愿如烟儿般轻飘，
如萍片样无边地荡漾，
让春也死，秋也逝，
天堂，地狱，和净修场，
都是我无记忆的心的家乡。

只是幻象呵，
你推，压，刺，搾扼我心肠，
你无情地燃起火的光，
你又不眠地看我踏破夜的漫洋洋，
看那月辉，冰样，雪样，泪样……

1929 年

# 地心

我微觉地心在颤战，
于慈大容厚的母亲身中，
我枕着将爆的火山，
火山的口将喷射鲜火深红。

冷风嘘啸于高山危巅，
暮色狰狞地四方迫拢，
秋虫朗吟颓伤歌调，
新月冷笑着高傲长松。

青碧的夜色，秋的画图，
吞噬了光明的宇穹，
我耳边震鸣着未来预告，
一种，呵，音乐和歌咏。

我枕着将爆的火山，
火山要喷射鲜火深红，

把我的血流成小溪，骨成灰，

我祈祷着一个死的从容。

1928 年，于西寺。

## 想

当夜风奏鸣，

竹涛箫箫时，

我想起你，我亲爱的姑娘，

呵，夜的帷幕下降，

宇宙罩笼着愁惨微光，

我设想我俩缓步，

在旷茫的平野中央。

当朝阳放光，

彩霞与兴鸟齐飞

赞声四扬时，

我想起你，我亲爱的姑娘

我如梦般地想见，

你和我同在翱翔，

翱翔于万层的云锦之上，

哟！四望茫茫，

你轻渺的衣纱

在风涟中奔荡，

我们——呵，如狂。

当星星闪眼，

银河暗移，

夜莺在南欧林中歌唱

梵尼斯的海波静谧时，

我想起你，我无价的姑娘，

你头披白色的纯纱，

泪光在玉色茉莉叶上闪耀；

你轻提着你姗步，

走上一座云桥，

你高洁的脸，圣光，

你无言，又无微笑

独步上云桥。

天使的幽乐洋溢，

流星的光沫四溅，

你离地去了，去飘渺

飘渺的天宫，寂寥

姑娘呦，我见你，

佩着白花离我去—了！

1928 年，于象山。

# 别了，哥哥

别了，我最亲爱的哥哥，
你的来函促成了我的决心，
恨的是不能握一握最后的手，
再独立地向前途踏进。

二十年来手足的爱和怜，
二十年来的保护和抚养，
请在这最后的一滴泪水里，
收回吧，作为恶梦一场。

你诚意的教导使我感激，
你牺牲的培植使我钦佩，
但这不能留住我不向你告别，
我不能不向别方转变。

在你的一方，哟，哥哥，
有的是，安逸，功业和名号，
是治者们荣赏的爵禄，

或是薄纸糊成的高帽。
只要我，答应一声说，
“我进去听指示的圈套，”
我很容易能够获得一切，
从名号直至纸帽。

但你的弟弟现在饥渴，
饥渴着的是永久的真理，
不要荣誉，不要功建，
只望向真理的王国进礼。

因此机械的悲鸣扰了他的美梦，
因此劳苦群众的呼号震动心灵，
因此他尽日尽夜地忧愁，
想做个普罗米修士偷给人间以光明。

真理和愤怒使他强硬，
他再不怕天帝的咆哮，
他要牺牲去他的生命，
更不要那纸糊的高帽。

这，就是你弟弟的前途，
这前途满站着危崖荆棘，
又有的是黑的死，和白的骨，

又有的是砭人肌筋的冰雹风雪。

但他决心要踏上前去，
真理的伟光在地平线下闪照，
死的恐怖都辟易远退，
热的心火会把冰雪溶消。

别了，哥哥，别了，
此后各走前途，
再见的机会是在，
当我们和你隶属着的阶级交了战火。

1929 年 4 月 12 日

# 孩儿塔

孩儿塔哟，你是稚骨的故宫，
伫立于这漠茫的平旷，
倾听晚风无依的悲诉，
谐和着鸦队的合唱！
呵！你是幼弱灵魂的居处，
你是被遗忘者的故乡。

白荆花低开旁周，
灵芝草暗复着幽幽私道，
地线上停凝着风车巨轮，
淡曼曼的天空没有风暴；
这哟，这和平无奈的世界，
北欧的悲雾永久地笼罩。

你们为世遗忘的小幽魂，
天使的清泪洗涤心的创痕；
哟，你们有你们人生和情热，
也有生的歌颂，未来的花底憧憬。

只是你们已被世界遗忘，
你们的呼喊已无迹留，
狐的高鸣，和狼的狂唱，
纯洁的哭泣只暗绕莽沟。

你们的小手空空，
指上只牵挂了你母亲的愁情，
夜静，月斜，风停了微嘘，
不睡的慈母暗送她的叹声。

幽灵哟，发扬你们没字的歌唱，
使那荆花悸颤，灵芝低回，
远的溪流凝住轻泣，
黑衣的先知者默然飞开。

幽灵哟，把黝绿的林火聚合，
照着死的平漠，暗的道路，
引住无辜的旅人伫足，
说：此处飞舞着一盏鬼火……

1929 年，于上海流浪中。

# 血字

血液写成的大字，

斜斜地躺在南京路，

这个难忘的日子——

润饰着一年一度……

血液写成的大字，

刻划着千万声的高呼，

这个难忘的日子——

几万个心灵暴怒……

血液写成的大字，

记录着冲突的经过，

这个难忘的日子——

狞笑着几多叛徒……

“五卅”哟！

立起来，在南京路走！

把你血的光芒射到天的尽头，

把你刚强的姿态投映到黄浦江口，

把你的洪钟般的预言震动宇宙！

今日他们的天堂，

他日他们的地狱，

今日我们的血液写成字，

异日他们的泪水可入浴。

我是一个叛乱的开始，

我也是历史的长子，

我是海燕，

我是时代的尖刺。

“五”要成为报复的枷子，

“卅”要成为囚禁仇敌的铁栅，

“五”要分成镰刀和铁锤，

“卅”要成为断铐和炮弹！……

四年的血液润饰够了，

两个血字不该再放光辉，

千万的心音够坚决了，

这个日子应该即刻消毁！

# 青的游

青是池水，
青是芳草，
苍蝇，甲虫，粉蝶，
白兔儿在天际奔跑……

你的心如兔毛纯洁，
你的眼如兔走飘疾。

我拈花，摘花，插襟，
你微笑，点头，红晕。
花上有水珠，
花下有深心。

青是池水，
青是芳草，
天上有白，白，白的云，
我们是永，永，永在一道。

# 别的晚上

天空在流着别意的泪水，
我呵，胸中绞缠恕怼；
但是也罢，
且托着幻想数计我们未来再回。
我生命之筏在时光波上溜过，
没有谁向给我片刻的留恋，
萍水一般的，
你的别离却赐赠了心的缠绵。
不用说此后难再同登珠山，
我的眼帘也不能燃灼你天真顾盼，
但我有一句话留你：
“你第一个勾引起我纯洁爱念。”
姑娘你别徒流悲哀泪水，
眼泪只会增添你胸中的傀儡〔块垒〕，
向前去呵，
创造去，你幸福的将来。

# 我们是青年的布尔什维克

我们是青年的布尔塞维克，
一切——都是钢铁：
我们的头脑，
我们的语言，
我们的纪律！

我们生在革命的烽火里，
我们生在斗争的律动里，
我们是时代的儿子，
我们是群众的兄弟，
我们的摇篮上，
招展着十月革命的红旗。
我们的身旁是世界革命的血波，
我们的前面是世界共产主义。

我们是劳苦青年的先锋军，
我们的口号是“斗争”！
嘹亮，——我们的号筒，

高扬，——旗儿血红，
什么是我们的进行曲？
“少年先锋”！
伟大是我们的队伍，
无穷是我们的兄弟，
共产主义青年团，
新时代的主人翁。

我们是资产阶级的死仇敌，
我们是旧社会中的小暴徒，
我们要斗争，要破坏，
翻转旧世界，犁尖破土，
夺回劳动者的山，河！
我们要敲碎资本家的头颅，
踢破地主爷的胖肚，
你们悲泣吧，战栗吧！
我们要唱歌，要跳舞.
在你们的头顶上，
我们建筑起新都，
在你们的废墟上，
我们来造条大路，
共产主义的胜利，
在太阳的照耀处。

我们不怕死，

我们不悲泣，

我们要破坏，

我们要建设，

我们的旗帜显明：

斧头镰刀和血迹。

战斗的警钟响彻了天空，

是时候了，全世界无产青年快团结！

齐集在共产青年团的旗下，

曙光在前——

准备刺刀枪炮，袭击！

1930 年“五卅”纪念

# 归来

归来哟！我的热情，

在我胸中燃焚，

青春的狂悖吧！

革命的赤忱吧！

我，我都无限饥馑！

归来哟！我的热情，

回复我已过的生命——

尽日是工作与兴奋，

每夜是红花的梦影！

回归哟！来占我空心！

1928 年 11 月，于西寺。

# 五一歌

在今天，
我们要高举红旗，
在今天，
我们要准备战斗！

怕什么，铁车坦克炮，
我们伟大的队伍是万里长城！
怕什么，杀头，枪毙，坐牢，
我们青年的热血永难流尽！

我们是动员了，
我们是准备了，
我们今天一定，一定要冲，冲，冲，
冲破那座资本主义的恶魔宫。
杀不完的是我们，
骗不了的是我们，
我们为解放自己的阶级，
我们冲锋陷阵，奋不顾身。

号炮响震天，

汽笛徒然催，

我们冲到街上去，

我们举行伟大的“五一”示威！

我们手牵着手，

我们肩并着肩，

我们过的是非人的生活，

唯有斗争才解得锁链，

把沉重的镣枷打在地上，

把卑鄙的欺骗扯得粉碎，

我们要用血用肉用铁斗争到底！

我们要把敌人杀得干净，

管他妈的帝国主义国民党，

管他妈的取消主义改组派，

豪绅军阀，半个也不剩，

不建立我们自己的政权——

我们相信，我们相信，永难翻身！……

1930 年 4 月 25 日

# 放脚时代的足印

## 一

秋月的深夜，
没有虫声搅破寂寞，
便悲哀也难和我亲近。

## 二

春给我一瓣嫩绿的叶，
我反复地寻求着诗意。

## 三

听不到是颂春的欢歌，
“不如归，不如归……”
只有杜鹃凄绝的悲啼。

四

希望如一颗细小的星儿，
在灰色的远处闪烁着，
如鬼火般的飘忽又轻浮，
引逗人类走向坟墓。

五

我有一个希望，
戴着诗意的花圈，
美丽又庄朴，
在灵府的首座。

六

星儿在天微语时
在带香的夏风中，
一条微丝柔柔地荡动了：
谁也不知道它。

七

泥泞的道路上，

困骡一步一步的走去，

它低着它的头。

## 八

我初见你时，

我战栗着，

我初接你吻时，

我战栗着，

如今我们永别了，

我也战栗着。

1924 年 5 月的残叶

# 祝——

这是河中最先的野花，
孤立摇曳放着清香，
枝旁没有青鲜的荫叶，
也少有异族争妍芳，
唯有她放着清香。

四向尽是干枯的沙砾，
展到无穷的天际，
近处没有一口泉源，
来把她嫩根灌溉，
没有一杆小树伴过长夜。

祝福我们勇敢的小花，
她仍然孤傲地顾盼，
她不寂寞，放着清香，
天生的姿容日日光焕，
岑寂的生存，没有喟叹。

远星的微光死灭，

勇敢的灵魂孤单，

她忍受冷风的吹刮，

坚定的心把重责负担，

问何时死漠重苏苏？

祝福我们沙中最先的野花，

孤立摇曳，放着清香，

枝旁没有鲜青的荫叶，

也少异族来争妍芳，

只她孤单地放着清香。

1928 年 5 月 8 日

## 独立窗头

我独立窗头朦胧，
听着那悠然的笛音散入青空
新月徘徊于丝云之间，
远地的工场机声隆隆。

我泫然地沉入伤感，
懒把飘零的黑丝掠上；
悲怆的秋虫鸣歌，
岂是为我诉说苦想？

说我热血已停止奔荡，
我魂儿殷然深创，
往日如许豪烈的情热，
都变成林中的孤摇残光？

不！我的英勇终要回归，
热意不能离我喉腔，
暂依夜深人静，寂寞的窗头，
热望未来的东方朝阳！

1928 年，于吴淞海滨。

# 我们

我们的意志如烟囱般高挺，
我们的团结如皮带般坚韧，
我们转动着地球，
我们抚育着人类的运命！
我们是流着汗血的，
却唱着高歌的一群。
目前，我们陷在地狱一般黑的坑里，
在我们头上耸着社会的岩层。
没有快乐，幸福，……
但我们却知道我们将要得胜。
我们一步一步的共同劳动着，
向着我们的胜利的早晨走近。

我们是谁？
我们是十二万五千的工人农民！

1929 年 12 月 2 日

## 给——

F 哟，我何时得再见你呢？
我纯洁的初恋哟，
你是东方的 Beatrice，
我何时得见你于梦的天堂？

在珠山的绿荫下，
依旧醴泉溜过白石，
只是你的小脸，
何时再与我同映一次？

西寺的高桥边，
长松依然晖映着夕阳，
只是我得何时，
再在此醉你幽香？

爵溪的黄沙十里，
依然是平坦无际，
只我得何时，

和你共作球戏？

哟，姑娘哟，往事重提，
愈想愈有深意，
旧创再理，
刺心的苦痛怎禁得起？

你是离我而去了，
我每空向浮云道你安宁，
若我今即撒手长逝，
我最宝贵着你的小影。

1928 年，于象山。

# 一九二九年的五月一日

## 一

最后的电灯还闪在街心，
颓累的桐树后散着浓影，
暗红色的，灰白色的，
无数的工厂都在沉吟。

夜远还没收起她的翅膀，
路上是死一般的荒凉，
托，托，托，按着心的搏跃，
我的皮鞋在地上发响。

没有戴白手套的巡警，
也没有闪着白光的汽车眼睛，
烟突的散烟涌出——

纠缠着，消入阴森。
工厂散出暖的空气，

机器的声音没有疲惫，
这儿宇宙是一个旋律——
生的，动的，力的大意。

伟长的电线杆投影，
横过街面有如深井，
龌龊的墙上涂遍了白字——
创口的膏布条纹：

纪念五一劳动节！
八小时工作！
八小时教育！
八小时休息！

打倒国民党！
没收机器和工场！
打倒改良主义，
我们有的是斗争和力量！

这是全世界的创伤，
这也是全世界的内疚，
力的冲突和矛盾，
爆发的日子总在前头。

阿，我们将看见这个决口，
红的血与白的脓汹涌奔流，
大的风暴和急的雨阵，
污秽的墙上涂满新油。

呵，你颤战着的高厦，
你底下的泥沙都在蠢爬；
你高傲的坚挺烟突，
烟煤的旋风待着袭击……

## 二

勤苦的店主已经把门打开，
老虎灶前已涌出煤烟，
惺忪睡容的塌车夫，
坐在大饼店前享用早点……

上海已从梦中苏醒，
空中回响着工作日的呵欠声音，
上工的工人现出于街尾，
惨白的路灯残败于黎明。

我在人群中行走，
在袋子中是我的双手，

一层层一叠叠的纸片，
亲爱地吻我指头。

这里是姑娘，那里是青年，
半睡的眼，苍白瘦脸，
不整齐地他们默着行走，
黎明微凉的空气扑上人面。

她们是年青的，年青的姑娘，
他们是少年的——年青力强，
但疲劳的工作，不足的睡眠，
坏的营养——把他们变成木乃伊模样。

他们像骷髅般瘦孱，
他们像残月般苍黄，
何处是他们的鲜血，
是润着资产阶级的胃肠。

他们她们默默地走上，
哲学家般地充满思想，
这就是一个伟大的头脑，
思慕着海底的太阳。

呵，他们还不知道东方输上了红光，

这个再不是“他们”的朝上，

这五一节是“我们”的早晨，

这五一节是“我们”的太阳！

## 三

我才细细计划，

把我历史的工作布置，

我要向他们说明：

今天和将来都是“我们”的日子。

“今天是五月一号，

这是他们的今朝，

我们要拒绝做工，

我们叫出三个口号：

八小时工作，

八小时休息，

八小时教育！

“我们总同盟罢业，

纪念神圣的五一节，

这是我们誓师的大典，

我们要继续着攻击！

……”

## 四

怒号般的汽笛开始发响，
厂门前涌出青色的群众，
天，似有千万个战车在驰驱，
地，似乎在挣扎着震动。

呵哟，伟大的交响，
力的音节和力的旋律，
踏踏的步声和小贩的叫喊，
汽笛的呼声久久不息……

呵，这杂乱的行列，
这破碎零落的一群，
他们是奴隶，
又是世界的主人。

这被压迫着的活力，
这被囚困着的精神，
放着大的号呼了——
欢迎我们的黎明……

我突入人群，高呼：
“我们……我们……我们……”

白的红的五彩纸片，

在晨曦中翻飞像队鸽群。

呵，响应，响应，响应

满街上是我们的呼声！

我融入于一个声音的洪流，

我们是伟大的一个心灵。

满街都是工人，同志，我们，

满街都是粗暴的呼声！

满街都是喜悦的笑，叫，

夜的沉寂扫荡净尽。

呵哟，这是一阵春雷的暴吼，

新时代的呱呱声音，

谁都融入了一个憧憬的烟流，

谁都拿起拳头欢迎自己的早晨。

“我们有的是力量

我们有的是斗争，

我们的血已浮荡，

我们拒绝进厂门！……”

## 五

一个巡捕拿住我的衣领，
但我还狂叫，狂叫，狂叫，
我已不是我，
我的心合着大群燃烧。

他是有良心的狗：
“这是危险的事业——
只要掉得好舌头，
也可摆脱罪孽……，

谢你哟，我们的好巡警，
我领受你的好心，
从你我已看出同情的萌芽，
都看不见你阶级的觉醒。

这是对垒的时候，
只要坚决地打下心肠——
不替杀人者杀人，
那就是我们的战将。

群众的高潮在我背后消去，
黑暗的囚牢却没把我心胸占据，

我们的心是永远只一个，

无论我们的骨成灰，肉成泥。

我们的五一祭是誓师礼，

我们的示威是胜利的前提，

未来的世界是我们的，

没有刽子手断头台绞得死历史的演递。

1929 年 5 月 5 日

# 我们初次相见

我们初次相见，
在那个窗的底下，
毵毵的绿柳碎扰金阳，
我们互看着地面羞羞握手。

我记得，我偷看着你的眼睛，
阴暗的瞳子传着你的精神。
你是一个英勇的灵魂，
奋斗的情绪刻在你的眉心。

我记得，我望望你的面颊，
瘠瘦的两颐带着憔悴的苍白，
但你的颧下还染着微红，
你还是，一个年青，奋发。

我记得，我瞧见你的头发，
浓黑的光彩表征了你丰富的情热，

我这般默默地观察，

我自此心中印下你的人格。

1928 年 5 月

# 呵，我爱的

呵，我爱的姑娘在那边，
一丛青苍苍的藤儿前面；
草帽下闪烁着青春面颊，
她好似一朵红的，红的玫瑰。

南风欣语，提醒了前夜：
疏淡的新月在青空阑珊，
我们同坐在松底溪滩，
剖心地，我俩密密倾谈。

古刹的钟声，混淡，
她的发香，似幽兰；
我们同数星星，
笑白云儿多疏懒。

看，她有如仙嬛，
胸中埋着我的情爱，

呵，我的爱是一朵玫瑰，

五月的蓓蕾开放于自然的胸怀。

1927 年，于象山。

# 前进吧，中国！

前进吧，中国，
日前的世界——
一面大的旌旗，
历史注定：
一个伟大的搴手；你
前进吧，中国！

一九三一——的地球，是新的圆体，
我们的时代，
是浸在狂涛里，
不一定是为了太平洋的叛乱，
不一定是为了乌拉尔的旌旗；
每个砂砾都叫喊你：
中国，前进，中国！

你是宇宙的次子，
复得乐园不在这时，
一切的罪恶，

都磨练了你的意志，

一切的魔障，

都寄附在你身体，

你今日，听，

从波罗的到好望角，

从苏伊士到孟买城，

从菲列宾到南美洲，

都是声音：

中国，兴起！

你是第二次十字军的领首，

你是世界大旗的好搴手！

前进！中国！

1930 年 1 月 19 日

## 夜的静……

天的星环，水池的闪光，
暗风中传布着野草野花香，
但我的世界呦，
无涯的悲伤，一片荒场。

天，给我一支现实的歌吧，
给我一个明媚光华的晴日吧！
我灵魂是病着的，病着的，
愿天莫给我重重折磨吧！

我颓衰不如感伤的诗人，
我勇猛不及气吞山河的战将，
日中的眼皮点着梦的刺，
夜的静默，给我悲伤，
相见，想跃向光亮。

1929 年

## 是谁又……

是谁又使我悲悒呢?

是谁扰起了我的幻灭?

我本不欲幽欢，

也不愿哀哀哭泣!

我清冷的一生，

无人顾惜，

我周遭静静的，

沉寂。

有火和力，

我要燃起生命的灯，

冷漠的世界，

要听我有力的声音。

只是，

我告别了旧的衣履，

裸热的胸怀，

却迎受，在暗夜，冷风和凄雨。

1929 年

## 自恶

把你自己毁坏了吧，恶人，
这是你唯一的报复；
因为你的是一个高洁的灵魂，
不如世人的污浊。

你是至美、至尊的，恶人，
可以把世界鄙薄。
你不须求人谅解你的精神，
你的是该在世上永久孤独。

世界只无价的才是宝星，
闪光的珠玉也尽是污浊，
肉耳总难鉴赏你的清音，
世人爱的是蠢豕、愚鹿！

你胸中蕴藏了稀有的光和美，
日复一日幽幽泣哭，
你温热的泪水清澄，

每一个晨把它们洗浴。

你是自然的独生精灵，
人们总难把你抚摸，
他们难见顶上晶莹的明星，
只是把龌龊的衣带扪触。

你在世上只有毁坏，
这是你唯一的报复，
世人尽蠢逐污浪，
你也尽可把人血饮沐。

1928年，于西寺。

# 人间

山是故意的雄伟，

水是故意的漪涟，

因为我，

只有，只有，

只有干枯地在人间蹁跹。

景物是讥嘲的含着谄媚，

人们是勉强的堆着笑脸，

因为我，

只是，只是，

只是丑恶的在人间徘徊。

1927 年 9 月，于象山。

# 醒

微风的吹嘘之中，

小鸟儿的密语之中，

醒来吧！醒来吧！

梦儿姗姗飞去。

我梦入广漠的沙滩，

黄的沙丘静肃无生，

远地的飓风卷起沙柱，

无边中扬着杀的声音。

我不留恋着梦的幽境，

我不畏惧现实的清冷；

在草底默默地流过，流过，

我宿命的悲哀的溪吟。

生无所欢，

死无所悲，

愿重入黄沙之滩，

飓风吼着威吓音韵。

1928 年 4 月 20 日

# 白花

漫步旷野，心空空，
一朵小小的白花！
孤零的缀着粗莽的荆丛，
一朵傲慢的白花！

她的小眼射着冷的光，
“一颗地上的星，”我嗫嚅，
荆棘示威的摇曳，
“我回家去。”我喘息。

尖锐的刺在她周遭，
旷茫的野中多风暴，
她在我视野中消去倩影，
我抚空心向家奔跑。

1928 年 5 月 5 日

# 宣词

亲爱的姑娘，真，
你的心，颤震。
死以冷的气息，
吹透你的柔身。

我的罪恶，这是，
我的罪恶常深沉；
这是我最后的宣词，
愿神祗赦免我的灵魂！

我们，一对友人，
相互地依偎于黑暗中心；
对无告的小山羊，
互以诚挚的情热慰问。
纯洁的爱顾之花，
舒展于我俩心的底层。
（哟，底层底坎坷，
创伤和血腥！）

那是同情圣光的颤流，
这是博爱洪涛中一颗微沫阴影。

天还没给我们春的晴明，
满山的杜鹃笑送光影，
我们的灵魂不曾投倒，
在流泪的茉莉蕊下，
含羞的蔷薇丛荫……
远野的鹧鸪鸣叫，
不叫我俩梦入星径：
肩并肩，吻连吻。

只好似两粒小星，
流浪空中熬够清冷，
魅的影浮舞，
叹息，哭泣，难慰心情。
孤单的时辰，
用微眴相视，
我说我的，你，你的心！
怜悯的柔丝连系我们。

每晚，天高风轻，
或是坠累又阴森，
我们问安我们的友人，

（好像一个虔诚的信女，

祈祷于每个黄昏。）

我的姑娘哟，

你是孤独生途中的亲人，

朵在雨中带泪的梨花，

你可裁判我的灵魂。

但我们，一对友人，

从最初直至无尽。

你不看，曼曼的长夜将终了，

朝阳的旭辉在东方燃烧，

我的微光若不合着辉照，

明晨是我丧钟狂鸣，青春散殒，

潦倒的半生殒入永终逍遥。

我不能爱你，我的姑娘！

1928 年 8 月 17 日

# 清晨

清晨洒遍大地。

阳光哟，鲜和的朝阳，

在血液中燃烧着憧憬的火轮，

生命！生命！清晨！

玫瑰般的飞跃，

红玉样的旋进，

行，行，进向羽光之宫，

突进高唱的旋韵。

1928 年 5 月

# 花瓶｜

我有一个花瓶，
我忠实亲信的同伴，
当我踯躅于孤寂的生之途中，
她作为上帝，与我同在。

她不是连城的奇珍，
不劳济慈的诗灵，
来把她描画，歌咏，
她不闪放过往的风韵。

然而她的正直和傲慢，
正使我心醉；
（那谄媚的笑脸，唉，
真是我灵魂的追害。）

她矗立在我案上，
和一个哥萨克一般英壮，
用她警告的神情，

显示忠勇的朋友在旁。

她不插芙蓉和玫瑰，
（这些，让他人狂味！）
野花采自田野，
集团中的成员！

她们是被人摧残，
命运的判文上书“追毁”，
但于今是武士的头盔，
散发着自由的光彩。

# 孤独

这是一颗不知名的星儿，
孤清地注射她的辉光。
伴着我在绿影底下，
徘徊着寂寞的倘佯。

蓝的眼眶海洋般的深邃，
透明的泪光水晶样的清莹，
涓涓地拓迭的愁情千丈，
萦徊了高洁的心魂。

看看眼底的云雾追奔，
看看空中的风暴奔腾，
悲愤的血涛震荡了古老的
心壁上永不泯消的创痕。

环着是群浊的转运，
没有理想，没有生命，
同情和爱慰的微光燃尽，
让那高傲的心儿孤另。

# 孤泪

你呀，你可怜微弱的一珠洁光，
照彻吧，照彻我的胸膛。
任暴风在四围怒吼，
任乌云累然地叠上。

不是苦难能作践我的灵魂，
也不是黑暴能冰冻我的沸心，
只有你日日含泪望我，
我要，冒雨冲风般继着生命。

忍耐吧，可怜的人，
忍耐过这曼〔漫〕长的夜，
冷厉的暴风加紧，
秋虫的哀鸣更形残衰。

鲜血的晨曦，
也是叫他们带来消信，
黑暗和风暴终要过去，
你呀，洁圣的光芒，永存！

# 给某君

呵，冷风吹着你散乱的长发，
我瞧见你弱小的心儿在颤抖，
漫着暮气凝烟的黄昏中，
我们同踽踽于崎岖的街头。

挺起你坚硬的胸壁，
担承晚风悲调的袭击，
我们只应在今夜握手，
今晚我心跳得更促急。

在黑暗中动着是不可测的威吓，
后面追踪着时代的压迫，
你轻蔑的机警的眼中瞳人，
闪映了天际高炬的光影。

细胞撞挤在你脸上，
微风故意絮语；
我们笑那倾天黑云，
预期着狂风和暴雨。

# 东方的玛利亚——献母亲

你是东方的圣玛利亚，
我见钉在三重十字架之上，
你散披着你苦血的黄发，
在侮辱的血泊默祷上苍。

你迸流你酸苦泪水，
凝视着苍天浮云，
衣白披星的天使，
在云端现隐。

你生于几千年来高楼的地窖，
你长得如永不见日的苍悴地草，
默静的光阴逝去，
你合三重十字架同倒。

1928 年，于西寺。

# 感怀

孤单的精灵呵，
你别在无限静谧的海心，
用你残破的比牙琴，
弹引你悲伤的微笑。
潜伏的感伤，
终突破理智的封禁；
一个脸影，枯瘦又慈祥，
以酸泪点缀我的飘零。
我抚扪我过往的荒径，
蜿蜒从那雄伟珠山的邻村，
唉，修道士的山岩，
终古不破的沉静。
我不禁回忆故家的园庭，
反响着黄雀歌儿声，
绿的草丛上飞金的苍蝇，
衰色的夕阳下逃跑了我的青春。

1928 年，于西寺。

# 虫声

你受难遭劫的星星，

压碎了吧，你期望的深心，

此后，你只有黑暗的无穷，

是昨夜秋风搅着落花，

黑夜轻曳薄纱衣裙，

一个失群的雁儿散布怆韵；

那时，我埋葬了我的青春。

虫声哟！那异国的音调，

秋的灵魂和谐的奏鸣，

闭上你的小眼，睫毛堆上黑影，

听这交响带来多少象征？

孤月冷光不能冰冻热情，

理性的禁符不能镇压真性。

我在竹涛的微怨声下，

已诀别了往年的心灵和生的憧憬。

1928 年，于西寺。

# 青春的花影

是谁送来了我象征的消信？

我哟，灵魂早不徘徊于蔷薇花影，

那是最后的玫瑰，

尖锐的刺掐破我朦胧梦境。

喘息地凝望连续汹涌的波涛，

黑色的坚塔在后深闭铁门，

我送行我最后的憧憬，

不复有明日或然的来临。

1928 年，于西寺。

# 心

我的心是死了，不复动弹，
过往的青春美梦今后难再，
我的心停滞，不再驰奔，
红的枫叶报道秋光老衰。

我用我死灰般的诗句送葬尸骸，
我的心口已奔涌不出光彩灿烂。
猫头鹰，听，在深夜孤泣，
我最后的泪珠雨样飞散……

1928 年 11 月于西寺。

# 星儿

我们，手携手，肩并肩

踏着云桥向前；

星儿在右边，

星儿在左边。

霞彩向我们眨眼，

我在你瞳人中看见，

——我要吻你玫瑰色的眼圈，

这次你再不要躲闪。

云雀的歌儿声清甜，

像飞散虹线，

撩动着，

把我心门摇开。

心门里高坐奇美，

颈儿旁围披了蔷薇花圈——

青春底传奇的献礼

还留在她的项边。

心门不再流出火烟，

火烟已变成光华荣艳，

灵府如一座宝牙宫殿，

你，你倚立阶前。

太空多明星，

太空多生命，

我们手携手，肩并肩，

向前，向前，不停。

1928 年，于西寺。

# 你已然胜利了

你永远的丑小鸭呦，

你该在今宵告别你的痴情，

当你静听着丧钟鸣奏，

你该说：“我最后获胜。”

死的胜利，永久的胜利！

人生最后的偎抱是灰黑死衣；

今日还是你秉有憎恶和爱情，

明晨，你得吹熄你鼻尖冷气。

光荣的野心燃不起死的枯灰，

青春的绿光难照活黄昏的颓菩，

沙哑的诗喉对猫头鹰歌唱，

死骑的槁踵在你坟上踏遍。

这时，别去你的热情和高傲，

断割了恋念和情思，

埋葬了你忧烦、惊慌和苦恼，

丧钟即是你胜利的颂诗。

1928 年，于西寺。

# 我爱了……

我爱了俗人之爱，
我的心，好难受，
五旬的蔷薇开在她的面颊，
两颗星眼吸我不能回头。
我爱了俗人之爱，
几个深夜不会成眠，
梦中她像颗常绿小草，
长于桃红色的仙殿。
我爱了俗人之爱，
使我尽天忧闷流泪，
因为我已知道，
她的心不复是未放蓓蕾。
我爱了俗人之爱，
累我无日不悲叹，
担尽了惊悸，忧虑和烦恼，
爱情的苦毒在我肩上磨难。

1928 年，于西寺。

# Epilogue

一九二七夏，我曾写了一篇长诗《萍》，只成了一部分，约五六百行。因生活不安定，原稿失去不能追寻。一九二八本有重写计划，但情绪已去，只余下短短的一些，这便成这一篇。

我的朋友，真，
这就是我的残稿一份，
这印着的是我过去，
过去的情热，
和我幼小纯洁的真心。

但这是过去了，朋友，
我已杀死我以往生命；
我不是说明晨，
明晨我就要离去，
离开故乡，和你的深情？

我觉得，我的青春，
已把热焰燃尽，

我以后的途道，
枯干又艰困，
我不能不负上重任。

离去我的故乡旧村，
我要把我的新生追寻，
把以前的一切殡葬了，
把恩惠仇爱都结束了，
此后我开始在世上驰骋。

我恳求你忘去我，真，
我的影子不值久居你的心中，
今晚我跪着为你祈祝，
明晨也不能给你握手告行，
我要起程我孤苦的奔行。

1928 年，于西寺。

# 飘遥的东风 |

我幻见你是在浩茫的江中，

江上吹啸着飘遥的东风，

东风来自太平洋心窝，

深掩着古旧的伤，

东风把你向暗沉沉的故乡吹送。

无力的船只戏着涟漪水波，

淡黄的月晖微和衰残的渔歌。

你有心底受惊的怔忡，

你有灵府中难洗的创痛，

你的梦幻是碎破，碎破！

水，银灰色的波纹，

涌起的浪沫一层层，

机械在重压之下微喟，

笛音在远山之颠缭绕，

去兮，去兮，我的友人！

1928 年，于西寺。

# 旧忆

你有如茅蓬中的幽兰，
纯白的肌肤
如天使的花环。
你的幽香，
颤栗于我灵魂的深间……
天！
逝光难再！
桦林下同坐闲谈，
冷风中默向红炭，
模糊，朦胧，
和梦一般。

姑娘，纯情不能死亡，
赤忱不易消散，
你今在天涯，
还在地角，还……？
且由我祝祷，
愿我俩同梦珠山。

1928 年，于象山。

## 我醒时……

我醒时，天光微笑，
林中有小鸟传报，
你那可爱的小名，
战栗的喜悦袭击着我，
我不禁我诗灵鼓翼奔腾。
我的诗和虹彩一样，
从海起入天中，
直贯着渺漠的宇宙，
吹嘘着地球的长孔。
只有你的存在，
我的生命才放光芒，
我的笔可腾游宇寰，
每个歌鸟都要吟唱。
白色的玫瑰花，
你要迎光开苞，
太平洋为着你平静，
昆仑山为着你不倒……

我从你的梦中醒时，

林中的鸟儿把你小名传报……

1928 年，于象山。

# 写给一个姑娘

姑娘，叫我怎样回信？

我为何不交你以我的心？

但是哟，看过去在它刻上伤痕，

伤痕中还开着血花盈盈。

死去是我寂寞的青春，

青春不曾留我一丝云影，

不曾有过握手，谈心，

也没有过吻染脂粉。

我现下是孤凄地流泪，

无限的前面是不测的黑暗，

过去的生命剪去了十九年，

人生的秘密不曾探得一线！

这却是上帝的公平，

也是造物的普慈婆心，

因为我，我是那末畸零，

火样的情热只能自焚。

我知足地，不生妄求，
虚伪的矜持代替着抖擞，
人的性是不死的魔头，
在清夜不禁叹声偷漏。

我何曾不希求玫瑰花房甜的酒，
我看见花影也会发抖，
只全能者未给我圣手，
我只有，只有，只有孤守。

姑娘，原谅我这罪人，
我不配接受你的深情，
我祝福着你的灵魂，
并愿你幸福早享趁着青春。

我不是清高的诗人，
我在荆棘上消磨我的生命，
把血流入黄浦江心，
或把颈皮送向自握的刀吻。

1929 年春，流浪中。

## 赠朝鲜女郎

朝鲜的少女，东风的劫花，
你就活泼地在浮木上飞跑。
我看见你小腿迅捷的跳动，
你是在欢迎着浪花节奏的咆哮。

浮木是你运命的象征，
远离故乡，随水飘泊，
谁掬向你一杯同情？
你真该合这浪花同声一哭。

你，少女，是那样美好，
你仿佛是春日的朝阳，
你小小的胸口有着复仇的火焰，
你黑色的眼底闪耀着新生燎光。

请立在这混浊的黄浦江头，
倾听着怒愤的潮声歌着悲调，
你的故乡是在冰雪垓心，
痛苦的同胞在辗转呼号。

要问这天空几时才露笑容，
问这罪恶何日得告终结？
何日你方可回归故里，
在祖父的坟头上剖心啜泣？

浮萍般的无定浪迹，
时日残蚀了生命花叶，
偷生在深的，深的暗夜，
何时得目睹光荣的日出？

你请放高歌吧，
你胸中不是有千缕怨丝，
你的心不是在酸楚地跳抖，
对着黄浦你该发泄你的悲嘶！

你不停地向前跳去，
你是欢迎着咆哮的旋律；
我知道越过一片汪洋波涛，
那边有着你的仇敌。

女郎，愤怒地跳舞吧，
波浪替你拍着音节，
把你新生的火把燃起吧！
被压迫者永难休息！

1929 春，流浪中。

## 梦中的龙华 |

哥哥哟，上海在背后去了，
骄傲地，扬长地，
我向人生的刺路踏前进了，
渺茫地，空虚地。

呵，吃人的上海市，
铁的骨胳，白的齿，
马路上扬着死尸的泥尘，
每颗麈屑都曾把人血吸饮。

冷风又带着可怕的血腥，
夜的和音中又夹了多少凄吟，
我曾，哥哥，踯躅于黄浦江头，
浦江之上浮沉着千万骷髅。

只有庄严伟丽的龙华塔，
日夜缠绕着我的灵魂，
我如今已远离上海，

龙华塔只能筑入我的梦境。

呵，龙华塔，龙华塔，
想你的红砖映着天白，
娆娇的桃枝衬你的孤拔，
多少的卑怯者由你顶上自杀。

白云看着你返顾颤惊，
雷神们迅速地鼓着狂声，
电的闪刃围绕你粗颈，
雨般的血要把你淋，淋……
可是你却健坚的发着光芒，
仇敌的肌血只培你荣壮，
你的傲影在朝阳中自赏，
清晨的百灵在你顶上合唱。

你高慢地看着上海的烟雾，
心的搏动也会合上时代脚步，
我见你渐渐把淡烟倾吐，
你变成一个烟突，通着创造的汽锅。

1929 春，流浪中。

# 春天的祷词

春风哟，带我个温柔的梦儿吧！
环绕我的只有砭骨的寒冷，
只有刺心的讽刺，
只有凶恶的贫困，
我只祈求着微温，
即是微温也足使我心灵苏醒！

我的心不是没灼热的希望过，
我的心不是没横溢的情火过，
只是哟，冰般的泪水曾泛遍心田，
剩下的只是现今的一片无垠焦枯。

春风哟，偕着你的春阳来吧！
让我周遭飞跃些活泼玲珑的小鸟，
竞放些馥郁的万紫花儿吧！
即使这只装饰了我心的墓道，
我死的灵魂也给与个陶醉吧！

1919 年 2 月 27 日

# 月夜闻鸡声

呦，友人，静寞的月夜不给你桃色的梦，
摇荡着灵魂漂上了水晶仙宫，
但，这儿，听，有着激励的鸡鸣，
是这时候你便该清醒。

若是朝阳已爬上你的窗棂，
还需要你把赞歌狂吟！
荣冠高踏的时代先知，
在月夜就唱就了明晨新诗。

友人，起来，这正是时候，
月光的清辉正洗照了楼头，
束着你闪光的刚亮的宝剑，
趁着半夜正可踏上银河白练。
踏着虹的桥，星河的大道，
星儿向着你的来向奔跑，
你向前走去欢迎明晨，
你因为必要做着第一个百灵！

1929 年 3 月 23 日

# 寂寞的人

公园的夜凉如水，
静寞的桦林也停止嚅嗫，
微风哟，把薄云儿推，
流星在银河旁殒灭……

寂寞的人缓步着长夜，
他的影儿有如浓雾，
风吹拂他无力身上的衣衫，
细软的发儿向四方轻舞。

灯下他也不低回，
树荫他也不留恋，
他不停着听水涟的睡歌，
他也不细聆莲花的吟哦。

他只是走着，走着路，
如醉着，如睡着，如病着。
他是一个寂寞的孤儿，

他是一个秋夕的雕残花托。
沉重的步伐踏着软的草，
细弱的呼吸吁着轻轻叹息，
心的花残，血干，叶儿槁，
骸骨的飘游还不舍个寻觅。

“我不愿再问你无信的白云，
你只带了我虚渺的音耗，
说在那高山巅上有青春，
我却徒然跋涉，徒然潦倒……”
“我再不愿问你轻薄的波涛，
你只欺骗去了我血花样的年青光阴，
在那河的湾上，塔尖儿高，
教堂只是传扬别人的婚礼钟声……”

“我要徒步的向前，向前，
手捧着心儿，心满着爱情，
我要寂寞地走向冷静墓前，
玲珑的芝草轻摇着坚柏的荫。”

“你莫问我泪光的尖锐，
希望的灯火即是葬礼的准备，
但我爆裂之心的血花血蓓蕾，
也要在永久的幻影之下耀着光辉。”

# 给林林

我方从黑暗的笼中出来，

就闻得你重来海上的音耗，

我巴不得立刻就飞向南陲，

来和你握手接吻拥抱！

但是，人事的不测的波浪，

终击打着我们软弱的羽翼，

我只有空望飞云箭归虚寂之乡，

失望的心儿在幽暗的夜中吞泣。

你只漂浪人间的孤儿哟，

今日你，你独访西子，

石头城下白露洲的泪影，

洗浊多少不断的烦恼春丝？

我祝福你，自由的穷人，

湖山的媚光总诱启你的天才，

我虽没握手倾听火车朗鸣，

无依的灵曲中也插歌着慰安。

1928 年

# 给茂

这是我青春最初的蓓蕾，
是我平凡的一生多的序曲，
我梦中吻吮这过往的玫瑰，
幼稚的狂热慰我今日孤独。

现今哟，是春的季候，
故乡的田野撒满黄花，
六年前我要拿住小手，
和你并肩地踏完春假。

记否呀，那郊外的田陇，
丛丛密密地长着毛莨；
我们在一个晴明的早晨，
我束了黄花向你献呈？

这都是散消了的烟云，
暮春的杜鹃催去了憧憬，
只我在梦中还见你小影，

沉重的怅惘，空望天青。

老人的岁月的巨轮，
已碾碎了我青春幻影；
我现今是孤独奔行，
往日的回忆徒勾伤心。

但我不能压制血波，
血和泪的交迸，
我要理我当日狂歌，
花束般向你献呈。

1929 年，流浪途中。

# 妹妹的蛋儿

妹妹哟，我亲爱的妹妹，
呵，给我力，禁止我的眼泪，
我的心已经碎了……片片……
我脆弱的神经乱如麻线，
呵，那是你，我的妹妹，
你就是一朵荆榛中的野玫瑰。

你哥哥，是流浪在黄浦江畔，
黄浦的涛歌凄惨难堪，
上海是白骨造成的都会，
鬼狐魑魅到处爬行，
那得如故乡呵，
世外桃源地静穆和平，
只有清丽的故家山园，
才还留着你一颗纯洁小心。

妹妹，自我从虎口跳出，
我便开始在世上乱奔，

如一个小舟失去舵橹，

野马溜了缰绳！

呵，茫茫的前程，

遍地是火，遍地是苦的呻吟，

血泊上反响着强者狞笑，

地球上尽是黑暗森林！

我遇着是虐行和残暴，

欺诈，侮辱，羞耻，孤伶！

我眼看地球日趋灭亡，

人类的灵魂也难再苏醒，

厌恶的芽儿开了虚无的花，

想把生命归与地球同尽！

但今天，你使我重信，

地球不死，人的灵魂

也好似一丛茂繁的森林，

荆棘上开放着白的玫瑰，

顽石旁汩流着珠泉清清……

妹妹，你救拯了我，

以你深浓的同情，

我不能为黑暗所屈服，

我要献身于光明的战争，

妹妹哟，我接着你从故乡寄出的蛋儿，

我不禁我泪儿流滚，

但请信我吧，

我不再如以前般厌憎生命！

1929 年春

## 前灯 |

汽笛火箭般的飞射，
飞射进心的深窝了！
呵哟，机械万岁！
展在面前是无限的前途，
负在脊上是人类的全图！
呵哟！引擎万岁！

燃上灼光的前灯吧！
让新的光射透地球，
以太掀着洪涛，
电子的波浪咆哮，
呵哟！光明万岁！
机械前进了，
火箭似的急速，
点，点，点连成长线……
永续的前途，
突进哟！前进万岁！

1929 年 6 月 23 日

# Romantic 的时代

Romantic 的时代逝了，
和着他的拜伦，
他的贵妇人和夜莺……
现在，我们要唱一只新歌，
或许是“正月里来是新春”，
只要，管他的，
只要合得上我们的喉音。
工厂里，全是生命：
我们昨天闹了写字间，
今天童子团怠工游行，
用一张张传单串成，
说“比打醮还要灵”
…………
这些，据说上不得诗本。

1929 年 11 月

# Pionier（拓荒者）

我们把旗擎高，
号儿吹震天穹，
只是，走前去呵，
我们不能不动！

这尚是拂晓时分，
我们必须占领这块大地，
最后的敌人都已逃尽，
曙光还在地平线底。

荒芜的阵地，
开着战斗的血花吧！
胜利的清晨，
太阳驰上光霞吧！

走前去呵，同志们！
工作的时候不准瞌睡，
大风掠着旌旗，
我们上前，上前！

1929 年 11 月

# 静默的烟囱

烟囱不再飞舞着烟，
汽笛不再咽叹着气，
她坚强地挺立，有如力的女仙，
她直硬的轮廓象征着我们意志！
兄弟们，不再为魔鬼作工，
誓不再为魔鬼做工！
我们要坚持我们的罢业，
我们的坚决，是胜利的条件，
铁的隧道中流着我们的血，
皮带的机转中润着我们的汗水，
我们不应忍饥寒，
我们不应受蹂躏，
我们是世界的主人。
看，烟囱静默了，
死气笼住工场的全身，
这只是斗争时的紧张，
胜利时，
汽笛将歌咏我们的欢欣。

1929 年 11 月

# 让死的死去吧！

让死的死去吧！
他们的血并不白流，
他们含笑的躺在路上，
仿佛还诚恳地向我们点头。
他们的血画成地图，
染红了多少农村，城头。
他们光荣地死去了，
我们不能向他们把泪流，
敌人在瞄准了，
不要举起我们的手！

让死的死去吧！
他们的血并未白流，
我们不要悲哀或叹息，
漫漫的长途横在前头。
走去吧，
斗争中消息不要走漏，
他们尽了责任，
我们还要抖擞。

1929 年 11 月

# 议决

在幽暗的油灯光中，
我们是无穷的多——合着影。
我们共同地呼吸着臭气，
我们共同地享有一颗大的心。

决议后，我们都笑了，
象这许多疲怠的马，
虽然，又静默了，
会议继续到半夜……

明日呢，这是另一日了，
我们将要叫了！
我们将要跳了！
但今晚睡得早些也很重要。

1929 年 11 月

# 时代的代谢

忽然，

红的天使把革命之火

投向大地！

这不是偶然的，

这不是偶然的！

严坚的冰雪，

覆盖着春的契机，

阴森的云霾，

掩蔽着太阳的金毫万丝。

怒气

是该爆发了！

愤意

是该裂炸了！

昔日，

我们在地底，

流血，放汗，

劳筋，瘁骨！

今日，

你们走向桌下去吧!

我们要以劳动的圣歌,

在这世界——

日光耀放,

寒冰流解,——

建筑一座人类的殿堂。

1929 年 12 月

# 五一的柏林

我们严肃的队伍
开始为热烈的波涛冲破，
袭击！袭击！
愤怒的信号在群众中传播。
好像铁的雨点，从云端下落，
一阵紧迫一阵，
宪兵的马蹄敲着路道，
向，向着我们迫近！

迎战哟！我们的队伍，
为勇于迎敌的热情，
开始突破来行列，
满街，瞧！都是我们在狂奔！
雷电似的冲突！
暴怒的狂飙振摇全城！
铁和铁，肉和肉，血和血，
伟大的抗争！

暴乱的笑容展开在街头，
柏林的“五一祭”，
宪兵，军警，社会民主党，
我们是世界普罗列搭利亚的一分！
冲突吧，这是开始，
胜利的开始，我们用枪来射击，
射击布尔乔亚的德意志！

队伍，突进，蜂聚，袭击，
街战栗，漫着杀的烟雾，
狂热的号呼代替了静寂，
每逢马路上奔驰飞步！
枪声鼓唱了新时代的新生，
红旗摇展开大斗争的前站！
攻击，攻击，永远的攻击，斗争中没有疲倦！

1929 年 12 月 11 日

## 写给一个新时代的姑娘

姑娘，你很美丽，

但你不是玫瑰，

你也不是茉莉，

十年前的诗人，

一定要把你抛弃！

你怎末也难想到，

你会把你的鞋跟提得高高，

头发卷而又卷，

粉花拍而再拍，

再把白手裹进丝的手套。

你是一株健美的英雄树，

把腰儿挺得笔直，

把步儿跨得轻捷，

即使在群众的会场上，

你的声音没有一些羞涩。

姑娘，你的手为劳作磨得粗黑，

你的两颊为风霜吹得憔悴，

但你的笑声却更其清脆，

你的眼珠也更加英伟，

你很配，姑娘，扯着大旗前进！

姑娘，你是新时代的战士！

姑娘，你是我们的同志。

我们来合你握握手吧，

我们来合你亲亲嘴吧！

最重要是，我们合你同作战，同生死！

1929 月 12 月 25 日

# 囚窗（回忆）

你，惨然地，沉默地，

我们透过只看见雪似的霜，雪似的霜，

何时，你映射着红日，

你这苍白的，死寂的的窗，死寂的窗？

你幽然地睁视，

兀似地狱的眼睛，

你绿苍色的光，

钻痛着，扭扼着我们的灵魂。

我们要自由的呼吸，

你沉惨地沉默不语，

我们要光明的太阳，

你的黑暗，沉默、苍白充满了穹宇。

1930 月 1 月 16 日

# 奴才的悲泪——献给胡适之先生

主人，你万主之主，

用火烧我的骨吧，用铁炼我的皮吧，

我是你最忠诚，

最忠诚的奴才。

你残暴的高压，

已燃灼了叛乱的火焰，

你拙笨的手腕，

已暴露了你苍白的假脸，

你狂跄的步调

报道已走到坟墓前！

愿哟，天，

把你的眼光回转，

奴隶们只尚为欺骗，

革命的火焰，

只有用温水还得暂时敌对。

是的，忠言逆耳，

是的，良药苦口，

但你不能不相信，

即使火化了我的骨头，

我始终未二我的忠心！

主哟，万主的主，

死迫在我俩头顶，

只有，只有你把手段稍改变，

主奴俩还得一时逃成生，

“至少，至少”你要把粉搽搽脸！

1930 月 1 月 19 日

# 巴尔底山的检阅

虽则，我们没有好的枪炮，
虽则我们缺少锋利的宝刀，
这有什么关系呢，
我们有的是热血，
我们有的是群众，
我们突击，杀人，浴血，
我们守的是大众的城堡。

同志们，
站近来吧，
整一整队伍，
点一点人数：
举起我们的拳头来，
检阅来，再开步。

看，我们砍了多少横肉的头？
看，我们屠了多少凶恶的狗？
我们的成绩：不够，不够！

野火烧红了地线，

喊声震撼了九天，

我们的口令："开步走！"

冲、冲、冲到战阵前头！

1930 年 5 月 2 日

# 梅儿的母亲

“母亲，别只这样围住我的项颈，
你这样实使我焦烦，
我怕已是软弱得无力离开床枕，
但即使是死了，我还要呼喊！”

“你怎知道我的心在何等地沸腾，
又岂了解我思想是如何在咆哮，
那你听，这外边是声音，解放的呼声，
我是难把，难把热情关牢！”

“听呀。这——吁——吁——吁
子弹从空气中飞渡，
妈呀，这是我，你，穷人们的言语，
几千年的积愤在倾吐！”

“哪，外面的声音，声音，
生命在招呼着生命，
解放，自由，永久的平等，

是奴隶们在搏争光明，

“上前哟，劳苦的兄弟们，
不怕流血，血才染红旗旌，
世界的创造者只是我们，
我们要在今天，今天杀尽魔君，

“母亲，让我呼吸，让我呼吸，
我的生命已在这个旦夕，
但使我这颓败的肺叶，
收些自由气息！

“别窒死了我，我要自由，
我们穷人是在今日抬头，
我是快乐的，亲见伟举，
死了，我也不是一个牢囚！”

在乡下。

# 干涸的河床

在人际罕到的南山墺边，
迤逦着一条干涸的河床，
乌黑的云雾堆满了长天，
往昔的青春于今已往。
忆那时，两旁拱护芳馥青藤，
镜波微涟扰不破茸茸的绿影，
玉般的白色睡莲伫立，
磕倦地等候着水底的精灵。
阳光天真地游跃，
林泽的 Nymph 常来入浴，
她们润黑的长发，
漂浮在波纹上奔逐。
但——这是一条干涸的河床，
没有青翠翠的屏障，
没有漪涟
Nymph 也都遁迹，
睡莲萎灭，
阳光——也不再停息，
只有乌云密密密……

# 致 F

我总想把你的现状记算，
你现在已离我千里，
凭我还有几多欢乐，
总也难压下我心的悲凄。
昨夜，一样的深夜冷气，
窗外也一般地阵阵细雨，
你悲唈地道着伤感，
热泪也流得尽情如意，
今宵何处再反响熟耳的音韵？
檐溜沉重的滴上心头，
听着寒缩的郊外孤吠，
我心上无端地掩上烦忧。
你是别我而去了，我相信，
你必得重归你的家庭，和——爱人，
祝你平安哟，我的姑娘，
请忘了我，这个潦倒的浪人。

1928 年

# 死去的情绪

F 哟，我初次握你手时，
你的手冷润如玉，
而感伤袭击我的胸怀，
我想夫伏在你胸前痛苦！
你是一颗苦伶的小花，
命运示你以无限惶愧，
我是个惰怠的懒汉。
如今，你创造，
我也征战了。
我遥寄无限的同情，
我爱幻见你那种热情的微笑……

1928 年，于象山。

# 现在

呵，牧歌的已往逝矣，

我不得不面对丑恶的现在，

我的诗魂已随她去矣，

现在的我是罪恶凶残。

不再，是过去纯洁的恋幻，

死亡，是以前美妙的诗景，

今日只是一个黑色的现在，

明日也只是一抔荒凉孤坟。

1928 年，于象山。

# 春

春，带着你油绿的舞衣，
来吧，来弹动我的心弦！
我的心已倦疲，
我的创伤十分深陷，
我久寂的心弦望你挥弹。
鸟，带来你婉转的歌簧，
来给我一个激励的歌唱！
我的泪泉已然枯干，
我的感觉十分麻顽，
我盼你的歌声复活我情感！
水，带来你青苔下的水仙，
来给我一个沉醉的良夜吧！
我的手，疯瘫，
我的血，迟缓，
我求你给我一个生的灵感。
春，带了舞衣，水和鸟，
姗姗地踏遍了人间。
没把我心弦挥弹，

没把我泪泉复还，

也没给我一个生的灵感。

死，那末你带尖刺来，

来给我最后的引渡吧！

我的心，疲怠，

我的生，十分枯干，

求你来，来给我慰安！

1929 年春，流浪中。

# 残酷的时光，我见你……

残酷的时光，我见你
鼓着黑色的翅膀逝去，
剩留下我
无依地，
在忏悔的深渊里，
没奈般饮泣。
黑色的蔷薇呢？
你的尖刺，你的尖刺，
进来吧，这，心头，
直刺，刺到深深的底！
我不让
幽蛇般的痛苦，
啮吃我无辜的心；……
时光，我见你
一去不再来临。

1929 年

# 生命，尖刺刺

生命，我今晨才把你认清：
在草丛中摇曳无风，
轻轻的散雾在四面浮动，
我立于高山之巅，
面对大自然的虚空。
哟！无限的感伤，
硬性的泪水掩住瞳孔。
生命，我认清了你
你荆棘样的，
尖刺刺入人心。

生命，你生来就面目狰狞，
你是贪婪又凶狠，
你给我的赐赠——
一把火样的热情，
却孪带了一把剪刀般的薄命！
你把我在黑暗森林中引进，
我从你处接受了可咀咒的青春。
但你又磨难着我，

看我在深谷中呻吟。
生命哟，我知道你的本性，
你渴饮的是人类灵魂。
我呀，秉有这脆弱的虚心，
怎禁她那含情的转盼一瞬，
那知道着就是尖的刺儿，
刺进在我心的深境。
我曾几夜遗失了睡眠，
我曾决几斗酸泪暗流不停，
焦渴的幻想扼住我的呼吸，
幸福的沉梦驱散我悲愁光阴。
呵！那朵白玫瑰的蓓蕾，
我宁可早日咀咒她憔悴，
她的美好践碎我的心，
她的冷酷赛如冰的块。
我是想毁弃生命，
生命，枯莽和死藤！
我深悔在高傲的山崖上面，
不把畸零的影儿飞堕。
呵！生命尖刺刺，
刺入我心流血丝，
只有死，伟大的死，
拔去刺，和着生命。

1928 年，于西寺。

## 失了影子的人

阳光，在草坪上舞蹈，
她纤洁的小小双脚，
吻着软嫩的草尖；
风波中浮举她的金发。
露珠，闪光在草之叶上，
溪水，低泣在修松林下，
我失了影的人，幽魂般，
悲郁地曳步归回故家。
他的皮孔放着异乡的气息，
眼眶下堆绞满泪的纹痕；
逝兮，是欢乐；
死兮，是童心；
无尽，无尽的奔波，
山之巅，水之阴，
探透幽毵毵的生之丛林；
征衣创处吹嘘着泥土呼吸，
他才归自青春的出殡。
松鸣淡惨惨，

溪咽流着它宿命途程，
静夜的月凉如水，
秘密心病。
他曾追逐磷光，
磷光消，偕去了他的影。
飞扬着叹息的微丝——
归去，带着死的尖刺！

没有一个鸟儿会歌唱，
没有一颗星儿会闪光；
阳光在草坪上舞蹈，
失了影的人在溪畔倘佯；
但一会儿也，一切和——
也一齐要散佚消亡。

1928 年，在西寺。

# 挽歌

你苍白的脸面，

安睡在黑的殓布之上，

生的梦魅自你重眉溜逃，

只你不再，永不看望！

你口中含着一片黄叶，

这是死的隽句；

窗外是曼曼的暗夜，

罗汉松针滚滴冷丽。

你生前宛妙的歌声，

迷雾般地散逝，

你死后的幽怨凄苦，

草底的蟋蟀悲诉。

1928 年 1 月 8 日晚

# 致纺织娘

写给一个姑娘—案上花瓶，插野花一束，及柏叶两支。来了一个独腿的纺织娘，坐十余天不去，有感。

起初在黄花盛放，
缀印你碧绿的新装，
我的心苏甦，
为了你那生的光芒。

心叶焦枯着人世的苦烦，
血流冲破创伤，
我凝望你美丽的双眼，
你抚慰了我的猖狂。

花萎弱地飘堕，
绿叶恼人的变成赭黄，
你哟，可怜的姑娘，
你的存在，和着我的惆怅！

是你心胸的惇善，

不忍撇下我个儿凄凉，

默对残的花儿死的叶，

扰着泪浪，咀嚼旧伤？

填补我的枯肠？

可怜的爱的天使哟，

纯洁的心肠！

伟大的胸襟，

愿与天永长！

我，呵，孱弱的孤儿，

世界所遗的困狼，

前途是：灾难，死灭，

我不能与人幸福分享。

老衰的痕迹几乎划上，

我失色的污秽高颡，

心脏的壁内，

也已熄灭了我青春的火光。

我是羽翮残敝的小鸟，

在杀身的网中回翔，

红的血肉，白的骨，

已奉献于自由的交响。

灾难，和袭来的凄凉，

硬化我将死的心，

我不能，我的天使

再煽引青春的水〔火〕花重迸。

去吧，日光在运行，

你的同伴在丰草中织纺，

萤火的舞群，幽虫的乐队，

正等着你——他们的新娘。

别辜弃了你的青春，

丝萝床中正等着你的情郎。

# 上海礼赞

上海，我梦见你的尸身，
摊在黄浦江边，
在龙华塔畔，
这上面，攒动着白蛆千万根，
你没有发一声悲苦或疑问的呻吟。

这是，一个模糊的梦影，
我要把你礼赞，
我会把你忧患，
是你击破东方的谜氛，
是你领向罪恶的高岭！

你现在，是在腐烂，
有如恶梦，
万蛆攒动，
你是趋向颓败，
你是需经一次诊探！

你是中国无产阶级的母胎，
你的罪恶，
等于你的功业，
你做下一切的破坏，
到头还须偿还。

“五卅”，“四一二”的血不白流，
你得清算，
你得经过审判，
我们礼赞你的功就，
我们惩罚你的罪疣。

伟大的你的生子，
你的审判主，
他能将你罪恶清数，
但你将永久不腐不死，
但你必要诊探一次。

1929 年 4 月 23 日

## 春天的街头

呵，烦闷的春吹过街头，
都市在阳光中懒懒地抖擞。
富人们呀没头地乱奔，
“金钱，投机，商市，情人！”
塌车发着隆隆的巨吼，
报告着车夫未来抬头。
哼哼唷唷地把力用尽，
只有得臭汗满身。
汽车上的太太乐得发抖，
勾情调人又得及时上手。
电车上载着一切感情，
轮子只压碎了许多人心，
还有诗人像春天的狗，
用眼光向四方乱瞅，
呵，女眼女腿满街心，
满天都是烟土披里纯。
向着咖啡电影院快走，
也无暇把腐烂的韵脚搜求。

强盗走着也像个常人，
只心里在笑巡捕怪笨！

“拍卖心，拍卖灵魂！”
“拍卖肉，拍卖良心！”
但是轰的一声，
塌车翻在街心，
一切的人都在发抖，
不见拉车的人哼唷地走在车的前头。

1929 年 3 月 15 日

# 作品·小说

# 监房的一夜

我被带进这地上的地狱以来，第八个晚上又忽然降临了。一点灰白色的天光，一些一些地减薄下去，和摆在热气中的一块冰，和没有油的一盏灯一般地慢慢地消灭了。于是灰色的栅木的前面，本来是紧紧地站着一堵高墙，使人连呼吸都不得不短促的，现在也渐渐（自然是似乎的）地扩大开来，苍霭的暮色，把那惨青着脸的，满着瘢痕的高墙也变成了一面无边的海洋，使人冥想出神起来了……

不过这舒服是很短的，不久一盏十六支光的电灯亮了起来，狭小的存在又突然地露出脸来。

我们这一间，一共住了十二个人，五个是工人，据说是因为参加过以前的工会的缘故，被“工统会”捉来送到这儿来的，他们都和我同睡在一个炕上。对面一个是工会运动的青年，三个是乡绅，一个报馆访员，一个是孩子。……人真没有办法，就在牢监里，还是讲阶级，那三位乡绅先生，据说是为了争办鸦片公贩事业而被人诬告为共产党捉进来的，但他们始终不会同任何人合得来，他们俨然是“乡绅”，保持着不可侵犯的威严。那工会运动者是一个很好深思而静默的人，常常把眼睛盯着天花板象考究什么问题似的。孩子呢，不很懂事，但这样重大的打击，似乎在他脑中起了教育的作用（我不知他是为什么捉进来的），虽有时会说说笑笑，但常常也会很成人似的静思起来。那访员也不大多讲话，只时时自己对自己说些极轻的话。

所以我最觉得合得上的是我同炕的几个工人了。他们也是很不相同的，譬如说：姓王的两兄弟，是完全的忠厚人，性情虽然不十分孤僻，但我从来就没听见他们发表意见过。所差的只有那弟弟是特别会笑一些罢了！至于那最年长的一个姓华的，他是不然了，他那双活泼的眼睛就足表明他的性格，他是有机谋，有思想的。那个姓吴的，则是一位乐观的人物，他很能随遇而安，没有像姓华的那末有血性，有反抗。其他一位姓李的，则又是一个很会怀疑的人。

我们的晚饭是早在三点钟就吃过了，这时本来是可以睡的时候了，不过牢内的生活实在太缺乏运动，睡眠常是不长的。电灯一亮了，房里是很寂寞，只有外面守兵的京戏的破腔不断地传来。我仰面躺着，也没有响也没有想什么。华坐着。

“老华，”吴忽然叫起来：“快把刚才讲的接下去！”

“咳，”小王说：“老和尚后来那能了呢？”说着笑了。

“唉，不要讲了，这种东西还有什么好听的呢？明天不晓得审不审，这样闷住真比死还难过！”

“管他妈的！”吴说：“做人还不是有一日活一日，在工厂里也是一日，在牢监里也是一日，又有什么分别呢？”

“我想判死刑总不会的吧？”李小声地说。

“判死刑也只好让他判死刑，还有什么办法呢？”吴说。

“判死刑？”我抬起身来问。“你们究竟是怎样才捉来的呢？为什么总不肯对我讲？”

“咦，我不是对你讲过了吗？”华睁着眼看我说。

“喏，许先生，”吴说：“你听我讲吗，我们五个人，赛过，是很好的朋友；从前呢，是在一道做工的。刚刚国民军没有到的前半年，我们工人是有工会的，当然，这时还有什么工厂没有工会呢？我们自然也加入的罗！华，他是会写字的，就做个工会书记，其实我们是糊里糊涂，一些也不晓得什么的，后来国民军，碰，打落上海了，又是碰的一声响，杀共产党了！那末……我们的工会改组，是以前重要些的人也捉去杀的杀，关的关了。……我们是糊里糊涂的，依旧还是做工，不晓得在一个月之前工统会护工部派来一个人叫我们进去，我们进去了，他们却把我们禁起来，又送到此地，一直到现在还没有审过。”

“还没审过？”我说。

“审一审，就好出去了，我们是冤枉的——”华说。

“这样方便？”李反问。

“那末你呢？许先生，”吴问：“我们也没问你过咧。”

“我，”我回答：“我不要紧，我阿哥会来保我出去，而且我也是冤枉的。”

“是的，现在的人是太不好了，动不动就拿共产来冤枉人，”他说。

“你哥哥是做什么的？”华这样问我。

“他是在总司令部做事的，”我说。

“唔，总司令部，总司令部……”吴喃喃地说。

谈话到了一个停滞的所在了，静默又认真起来。

到次日醒来的时候，他们自然早醒了，但似乎有什么事发生过似的，大家那面看着面，不做声响，而我呢，素来是康健而又活动的，再加了一个礼拜的静养之后，精神更加充足起来随便什么时候都兴奋着，都想说笑。我看看他的这副样子，我想他们一定是刚醒过来，带着一种惺忪怅惘的情绪，所以不说话，再不然，他们是想着家，想着过去和未来而在悲哀着吧！我这样想着，不时用询问的眼光，看看他们……

肚子饿了起来，我又想起前几天的故事了，所以我不好意思地踏着被头走过他们那边去说：

“吴，我去买些烧饼来，你肚饿吗？”

“不，不，不，”吴和华同声地回答。

我不管，我还是走到栅边去招呼了我用四元大洋贿买的那个兵，叫他设法给我买四毛小洋烧饼。

烧饼买来了，我们实行起“共餐”来了，我分成十二分，每人各得一分。这已是我们第三回的排演了。

然而别人都用感激的眼光吃了，独独只有华一个人不要，他说：

“我肚子饱，你吃吧！”

“不要客气罗！”

“不，我不客气。”很冷漠的口气。

这也就罢了。时间虽然在囚人的眼光中过得很慢，但她毕竟是走着的。中饭（其实是第一顿）吃了之后，我照例地幻想起来，我常常设想我是被判决死刑了，那时怎末样呢？我想像得和一篇小说差不多，甚至竟联想到杜斯妥也夫斯基的故事来。有时，我又带着确定的意念以为我是会得到释放的。那时，我想，我一定要求我哥哥把这五个人也救了出去。我觉得他们是很好的。

“华，”我突然说：“你们的案子这样宕着，你们可不可以做张禀单请求早审吗？”

“是哟！”吴马上热烈地说。华向他狠视一会，说：

“怕没有用吧！”

“做得恳切一些，自然要——我替你们做好吗？”

“不要！”

“叫许先生做不好吗？”吴问。

“……”他没有回答。

我开始有些奇怪，从前那末好谈的华，怎么今天会那末沉冷起来了呢？怕是有病吧！否则，那他一定是想着他的家，母亲或者妻子了吧！我忽然对他注意起来，像初见面似的常常看他，他的容貌也一些一些地似乎同从前不同了，实在，这因为我对任何人的观察都是马虎而又马虎，除非有了主观的用意，那末无论哪个人在我的印象中，轮廓总是模糊的。

这对华也是这样，我以前就没注意他，到这时我才开始观察他。于是他的棕色的前额，短硬的头发，大大的黑眼，和猪毛一般坚挺的胡子方才印到我心里去。尤其是他的眼，他看你的时候，你是要寒悸的……

这晚上，我本来又想像昨天那样地谈，然而华却说：

“吴，我今天要接续我的故事了，我说到什么地方呀！……哦，那老和尚在山里迷了路，是不是？”

他滔滔地述说着他的故事，很能干地把五个人甚至连对炕人的注意都吸了去。但我除了听着之外，还有一种无端的烦怨闷在心里，觉得这里不是我的居处，我极想出去，而又不得；一种愤火不觉烧灼起来了。

华的声音，很有抑扬的在沉寂的监房中回响着，但感觉着空漠，不禁回想到以前的几夜，他们都是何等活泼的，这时他们总叫我“穷学生”，说：

“你的钱，不付学费却来付狱费咧！……”

这类的话，自然他们是根据了我的谎话而说的。他们不但很同情我，并且有时竟说了一两句在牢外不能说的话。似乎我是他们的同路人一样。华吧，他以前可以在我请求之下，不说故事，而讲他以前当兵的生活，漂浪的生活的。而这种真诚鼓励了我向他谈些真话，这原是人情分内的事情，但为什么他们都变了呢？我是感到无限的孤独，凄寂……默默地看着黄暗暗的电灯光睡了过去。

从不好的梦中，给臭虫和蚤儿攻击得醒来时，已经是过半夜了，对炕的绅士先生把鼾声提得很高，几乎使人想起家乡的水车房里的车歌咧！外面也静谧着，整个的世界也似乎合着绅士先生的鼾声而呼吸着，任何的不调和，冲突，矛盾，罪恶，反抗，暴力都失去了似的。夜是十二分地熨贴着人的灵魂……

但一种微细的语声，使我注意，那是华和吴在耳语。

华说：

"……你真瞎想……你不晓他哥在做官吗？他一出狱，还不是立刻会把一切忘记，你还真想他来救咧！……你对这种人，似乎不很了解，其实我就碰见了许多，譬如说以前在十六师时，那里一个营长的儿子，是常到我们那边玩的，有时请我们吃东西，帮我们写信……但到后来要开拔了，有一个弟兄说他要逃……不料他竟去报告了他爸爸，这弟兄马上便被枪毙了……我们只当是个穷学生，却不意他真有大来历……他对我们好，那是玩玩，消遣而已，何尝真同情我们呢？……不要接近他的好，否则谁又保得住他不同委员同鼻孔出气呢？"

我听了，眼泪不禁流下颊来，提起勇气来，向下一钻，耳边除了洪洪的声音之外，便什么声音也没有了。

1929年5月14日

# 小母亲

她醒转来的当儿，附近工厂的汽笛正吹着合唱，这个声音，宏伟而又悲怆，像洪涛似的波荡着，深深地感动了她。

天色并未大亮，她拿手表一看，针儿正指出是五点四十分的时候，这在这个冬天的早晨，不消说是一个阴郁凄凉的时分。她抬起头来望望亭子间的窗儿，透进的还是一股愁惨惨的天空，并且，当她一动的瞬间，冷气便乘着机会钻进她的被口，这使她不禁打个寒战。

“冷呵！”她下意识地喊了一声，但她并没有就更钻下去些，因为她心里立刻就想起了一桩事情：

“怎末，是上工的时候了，我不是约了小洪谈话的吗？……”

这样一想，她立刻便跳了起来，把她厚呢的旗袍往头上一套，很快的就把脚垂下床沿来找袜鞋子了。

穿了鞋之后，她站了起来，这里便显出她是一个强健的忍苦耐劳的女性，莲蓬的短发，散披上她表示出坚强意志的肩头，也掩笼了一个惺忪而很少表情的脸上，构成一个相当美丽的形相。

她的动作，是轻快而又熟练的；她不费多少时间，就把纽衣整裤的工作告了结束，一转身，她就把被也整理好了，只花两回动作，把皱皱的被单也弄舒直了。

她这末一做完，马上就捧了脸盆往楼下去，掏水来洗脸。她有个习惯，不肯用热水洗脸，一方面固然是因为她这样匆忙的生活方式，使她没有暇闲去泡开水，一方面也是她忍苦的惯性，觉得要做得象小姐似的，有些不贴服。有一次，她竟出了这样的一桩笑话：她的妹妹，有一天来给她同住，泡了些开水给她洗了，她洗了之后，两只手竟肿起来了。

洗脸这桩十分女性的事情，给她做，却是异常的男性。她没有搽粉的习惯；雪花膏在桌上有一瓶，这是因为，她要终日地在寒风中奔跑，说是为了“美学”的目的，毋宁还是说是为“卫生学”的，来得确当。她的头发，用不着梳，所以，擦了擦面，什么都完了。

她的时间，短短的一刻钟，堆满了动作，好像一个在极高度分工的情态下的工人一样，差不多没有一秒钟给她白花了，没有一步路是多走的。

洗完了脸，心里自然是“小洪……小洪……”的念着，她在床底箱子里取出一包纸包，挟在手臂下，摸一摸袋，再在抽屉内拿出几个铜元，她就走出房去，下了锁，出门去了。

这时，弄堂里只有倒马桶的人大声地叫着，其余的一切，都仿佛还沉在一种连续的沉闷的梦中。

这个上海的冬朝。

她是谁呢？这最好让她自己来说明。

她是一个，当然是许多个中的一个女性，这种女性是：她所从出的环境，对她们呼喊：“你们是幸福的，你们不用愁穿，不用愁吃，你们可以享受的好，你们可以生活的好……”但她们自己却挺然地回答：“不必，不必，我们不想好的享受，好的生活，我们已经给自己找了道路，正义和真理给我们造下了壁道，我们不能不往前走，我们是不怕什么的，在过去，在当前，在未来，我们都准备迎受一切的苦难和不幸，我们能够自己支配自己，我们能够面当一切地狱来的黑暗。……”

她，刚才说起的她，就是这样一个。

本来，无论就什么来论，她可和许多别的一样，在华美的环境中，做她女性的春梦，可以用她青春的面容来替自己找个赞美者，拥抱者。可以用她娇小的喉音，来唱些《毛毛雨》之类的歌曲，或，进一二步，唱些西洋曲，如《How can I leave thee》等等。

然而，她对这些叛逆了。

她不但是真理的探求者，她是为真理而战的斗士，她仗着她的能力，是那群想引下天火给人间的勇士中之一个。

真是她的幸运，同时也该感谢她敏捷的动作，小洪并没有上工去。她在一间靠近一条臭水浜的平房里，遇见了这个女工。

这条路，她是再熟没有的了，一些泥泞和破壁，她都看得异常熟习，仿佛是故乡的山水一般。

“呵哟，大阿姐，这样早！”小洪蓬着头。

“咦，笑话，还早吗？六点一刻啦，你晓得吗？”她本来不是上海人，然而上海话却讲得好。(但为叙述的一致起见，她说上海话时特有的孩稚音味，也只有牺牲，话也被译成普通话了。)

“猪猡又要骂啦！”小洪不在意地接上一句。

“自然，女管车恐怕还要扣工钿。”

“你东西拿来了没有？”

“拿来了，哪，这一包。”

小洪接了就要拆。

“不要动，我来告诉你，那能去分发？呃，听，你把这包放在饭篮里，拿进厂去，起初勿要动，直等到吃中饭，等到猪猡都吃饭去了时，你把这个很快的散在各车间里，最好是贴在墙上。……”

“……”

“这样做了之后呢，你不要以为事情就完了，却正不然，这还不是主要的事情，等到工人们看到了这些传单，她们一定要讲：对呀，对呀，要年赏，反对关厂，但是怎样办呢？在这时候，你就要对她们解说。晓得了吗？……”

小洪这女孩，痴痴的望着她，听她讲，到这时，忽而大笑起来，脸泛着红色。

“怎末，小孩子，什么好笑哟？”

“我觉得你像我的小母亲。”

“笑话，你这孩子，……你说，你是没有父母的，是不是？”

“是的，所以你做我的小母亲呢！”

“不要瞎说，我是你的同志。”

“小母亲同志。”小洪笑得更甚了。

“别讲笑话吧，赶快拿一件棉袄给我，我还要到 ×× 工会去，你呢，赶快进厂去，今天夜里在学校里再碰头。”

不久，她挟了一满包，又沿着这熟悉的路出来了。

她推门进去的时候，里面透出一阵笑声。

“我们的林英来了！”这是一个脸色苍白的青年说的。

“来了，怎么的呢？”她眨一眨眼说。

“没有怎么，”那青年说，“我们刚在讲一个问题，为什么像L，D，P些人，平时话讲得那样好，又那样用功，那样努力，竟也会错误到这么的地步？”

“这有什么奇怪呵，”她一面说，一面把包子放在一只帆布床上。

这房子里面有两个人，一个是刚才说了话的苍白青年，还有一个较长大的，还躺在床上，显然是他还没有起床。

“朴平，还不起来，七点半了！”她说。

“林英，”青年说“× 厂现在怎样了？”

“其余都没有问题，最中心的是：工人都怕动，她们说‘要来就大来一下’，这很明白，她们都需要一个扩大的斗争。至于我们方面呢，委员会的健全，已相当地加强，小洪已正式地转入了 ×× 厂，今天已开始去这最后一厂活动了，成绩怎样，现在当然还是问题，不过只要坚决地工作，同盟罢工一定有实现的可能。”

“那你现在还没有脱离妇女部吧？”

“没有，委员会又责成我和成两人负责，真忙啦！”她笑了起来。

“此地的事情，你今天提出，或可摆脱，你最好是专注力于委员会去。”

“我也这样想。”

“但是我们少了她，怎样的冷落呵！”床上的男子大声地说。

“笑话，我是给你们开玩笑的吗？”

谈话茫茫地展开来，人呢，也不久都到了，林英只是有些生气的样子，她恨声的说：

“我最恨不按时间！”

林英吃的是什么中饭，别人是不晓得的。

那时，她从会场中出来，同着她的是那个苍白的青年，她因为刚才的激烈争辩，脸上还留着激动的表情，颊儿上微微有些红色的痕迹。

“林英，”那青年叫她，“你夹的一包是什么？”

“是小洪的衣服，”她颓然的说。

于是他俩又默然地走上去。

“唅，今天我请客，我们去吃饭去。”

她看一看表，正是十二点半的光景，心里想：“倒真的有些饿，可是时间不早了，还得到 ×× 工会去……”

“不去，我还有事情，你知道吗？”

“吃得很快，不会迟的。”

“不要，我不愿迟一分钟！”

这样，莫名其妙的，他们分开走了；林英在走向一个工人家去的途中，想了一阵不联贯的事情，觉得疲倦；结果还是从袋里摸了铜元买了两个烧饼。

在李阿五家里，她换好了衣服，就拿冷了的烧饼往嘴里送。刚刚唇片触着饼的时候，她忽然呆了一呆。因为，她第一次回想起从前的事情：

那是六七年前的事了，她不消说还很小，正在家乡的女师中读书。

因为家境是很可以的，所以她也自然而然地养成些小姐的脾气。

在一个冬天的时辰，那时正预备过年，她家里的一切，都弄得丰丰满满的。她祖母，父亲母亲，两个弟弟，这样组成的家庭，在这种节期中，常常是和乐融融的。

就在那天，她因为睡得迟，来不及吃着中饭，她就有些不舒服，阴沉沉的脸相，立刻使母亲忙碌了一阵，替她特别的做一顿好饭菜。可是她，不行！她执拗着，她说她不要吃什么。她祖母把她抱住，把她的头搂在怀里，说：

“乖孩子，谁叫你贪着做梦呢？现在你看，妈替你当娘姨，快吃吧，吃下去，明年大一岁了……”

但是她还执拗着，不吃也不响。

这样的坚持，过了很久很沉闷的一些时间，最后却激怒了父亲：

“随她的便，硬性的孩子，看她以后有没有这样的福分？……”

她于是哭了，这哭不但是表示她的屈辱，而且在心中有一种悔恨扰乱着平静。

这是她第一次“悔恨”，也是她最后一次如小姐似的做人。到了后来，她从家乡出来，经过广州，上海，以及其他的地方，她变成了一个新的女性。

但这样回忆，一些没有花了她的时间，只一转瞬，她就恢复了她自己，她想：

“这还不是我第一次开始看见我自己生活的弱点吗？……”

这样想着，她很快的把烧饼吃完，从阿五家出来，到 ×× 工会里去了。

她回家的时候，已经是四点半的时光了，她又穿着她的呢袍子，仿佛一个快乐的女人似的，含着些微笑，推进她的后门去。在灶披间里，她遇了她的房东太太，这好心的广东女人便和悦的问：

“林小姐，你放学回来了？”

“唵，是的。”

“教书很辛苦吧？”

“还好呢！”她笑了。“小孩子很有味的。”

在楼梯上，她不禁在心里放声大笑，这房东太太只知道她是一个教员，却也并没有再想想为什么她每天要起得那样早，而且穿又穿得那样的不好。“这真是个忠厚太太……”她想，她再不会想到她亭子间的房客，是现社会所惯称的一个暴徒呵！

她推门进去，房里坐着她的表妹妹；她表妹是在一个学校读书的，时常会来看她，她呢，也给她表妹一个钥匙，省得有时碰壁。

“你们学校几时放假？”林英问。

“下星期。”她表妹是个极静默的女孩，不大说话，她那时在看一本讨论“一九二七革命”的书籍，只在林英进来时稍稍抬起头来笑一笑，一直就没有别的动作。

林英从袋子里掏出一个纸卷，慎重地放进靠窗台子的抽屉里，又慎重的把它推好。于是才靠了台子，微微的仰起头来，用右手掠她的头发，轻轻的叹了一口气。

“我有信没有？”她轻轻地问她表妹。

“有的，”她表妹把拿书的手垂下一边，“在这抽屉里。”等林英拿出来的时候，她又添上一句：“我拆了看过咧，是岑写的，写得很伤感。”她把尾音拖得长长的，带着一种同情的微颤。

林英拿出了信，读着，她没有讲话，她表妹也只缄默着看书，房间里充满着一种苦闷的，执拗的紧张。

这封信载着什么重要的东西呢？它把强硬的林英压得坐了下去；她的脸，通过了种种不同的情感，终于是，变成了虔然的严肃。她把信折好，重复放进封里去，重复放进抽屉里；默然地看向前方：前方是什么呢，是森林，是朝日，是繁星？她是都没有看见，她在生命中第二次又看见了烟霞的团片……

但这为什么要支配她好久呢？这不可能，她英雄般的自制力，她地球般的责任心，恢复了自己。她开始微笑地眨眨眼，低声说：

“这小孩子……”

“他为什么这样消极呢？”

“还不是，现代的青年罗？……”林英回答她表妹。

“人生真没趣，像他那样的人，也要说这些消沉话；真怪不得别人，我家里又来了一封信，我真不晓得怎样办好呢！……”

“怎末的，家里信怎末的？”

“下半年不得读书了。……”

“是你母亲写来的吗？”

“唔。”

林英见她渐渐现出悲沉的样子，赶快说：

“不管这套，我们来烧饭，我吃了上学堂，你今天在此地好吧？”

“好的。”

在学校中，我们应该引为安心，她差不多把刚刚的情感，完全被一种广大的喜悦和奋兴冲散了去；她是这样的一个人，从这样环境中长成的，情感和理性的矛盾，还不能说完全没有。我们一定知道她在以前就是一个喜欢伤感甚至喜欢哭泣的人，她的神经是向来多感的。在她起初突向自我牺牲的道路时，说是理性的把握，还毋宁说是情感的突击；只是在接近了许多人和许多事物之后，她理性的力，一天天的坚强起来，但虽如此，她情感的成分却并没有减弱。她现在是，在紧张的工作过程中，可以不笑，不哭，不叹息；然若偶然有一种火药似的东西，引发了她内秘的情感，她还要——

还要怎样呢？这就是她在李阿五家中吃饼时的一刹那，也就是接读了岑的信时的一刹那。在这里，她会对自己说：

“这不是偶然的，这有必然的原因。还多想什么呢？这种问题的解决是一条线，是一条用血写成的线，这就是我们所踏着的道路。”

但她有时，也可以发呆，可以直视前方，可以轻轻地叹息。

在现在呢，在她面前站着的是一个孤苦而傲慢天真的工人，虽然她的脸是为了过度劳动，营养不良而带着苍白，但她的眼就像某种精灵的灯火，一种不可屈的，蔑视一切的光在眩然地闪耀着。小洪用手摇着林英的肩：

“你看，这样不是一个不平常的事情吗？我们再不能放过这个机会！——我到那边去了三四天，我知道，这工厂里从来就没有那样的情景过：工人们活像压在脚底的一只蚂蚁，他们奴隶的惯性使他们缄默着。他们是常在追求中沉思着，她们是缺少一根把她们串起来的线。……我告诉你，今天下午，那真是一个活生生的场面，平常只闻到缫车叹息的车间，今天是充满了讨论的语声：

“‘这是谁发的呀’？”

“‘管他，这话是对的。’”

“当我说：‘我们怎么办哟？’她们差不多都同声的说：‘试一试啦！’”

“你看，只要我们坚决，明天就可以……”

“我还须要问你多一些的问题；事情一定不像你说的那末简单，难道说他们的政党一些也没有防范吗？这是无疑的，若果因她们说试，我们立刻就试，那是小孩子玩的把戏，这是会失败的，所以我们明天一定要你去用第二步的方法。”

“但是不要太迂缓了才好哟！”

“当然不迂缓，但也不是太急切。”

这时门口又走来了四五个女工，都齐声的叫：

“林先生和小洪姐来得这样早哟？”

“对了，早啦！”林英笑了。

“呃，小鳳，”小洪说，拍着一个瘦女孩的肩，“她是我的小母亲。”

“不要瞎说！”林英在她们的笑闹声中，和软地抗辩着。

不久，功课照常开始了，林英耐心地用她特制的上海话，讲了一课“平民千字课”。

在教完一课之后，她叫她们自己读。这时候，因为喧闹的利害，只有一个沉默的她，便感觉到分外的孤单。

“这是我要想我自己问题的时候了。”她坐下时，那末想。

于是一开始，一个可怕的幻影便袭上她的视境。这是一个青年，满面是扭曲着的筋肉，在眉底的眼中，射出苦闷的光。他的唇，是颤抖着，仿佛有种尖锐的东西，在磨砺着他的心，他的皮肉，以至他每个的细胞。

这，她知道，是岑，是她叫做弟弟的那个同志。她能在什么时候，都想起他们初见的一次，这时是夏天，他穿着他灰色的布衫，局促地，懦怯地看她，于是她便想：

“他是一个最受压迫的阶层里出来的吧？……”

以后她和他熟了，“他是一个诚恳的青年，她是这样印象着。

他现在作为一个幻影出现在林英眼前的，是多末可怜的样子。这是为什么呢？他恳求似的眼光，是在追求什么呢？他颤抖的嘴唇，是要讲什么可怕的字句呢？

林英是明白的，她老实说确是阅历了些人世的老手，在 M 都的时候，还不是那样的一幕悲剧，那是她第一次入海的经验，连头带发的浮涌在苦恼的波浪之中，过了一个学期。

现在呢？第二次的事件海潮似的又卷来了，她是镇定的，虽然有时也不免动摇，但她目前那种工作，那种责任，确给她不少的救援。

“姊姊，我说过，我是缺乏一种发动的力，我的生命是愈趋愈下的一支病苇。我的理性，其实何尝有什么决口，只是我在情感上，是狂风暴雨的牺牲。我夜不能睡，我白日坐着时，却梦着不可知的幻境，我走在马路上，仿佛是一个吃醉了酒的白俄，柏油的路面象棉絮似的蠕动着。

“我昨晚独自在 D 公园里徘徊，我突然感觉到死的诱惑，高耸的大树，鬼怪一般的伸上天空去，铁青的天空，只点缀了嘲弄似的几点星光，我面对着栏外的江面，无尽的水波，倒映着凌乱的灯影……”

“我不是以前有句诗叫‘灯影乱水惹人哭’的吗？那是真的。我最怕见这景象，见了一定是悲伤，是追忆，是哭泣，是死的憧憬。”

“我那时觉得，我为什么没有一个来扶持一下的人呢？为什么没有一个握着我生命之缰的人呢？再想，如果我放弃了我生命的占有，而勇敢地跃入无尽的碧波中去，一切会怎样呢？一切要依旧的。公园依然是那末静美的，上海的夜依然是那末呻吟的，乱水灯影依然是那末凄凉的，一切都不会改变。……”

“但我终于是想起了你，我想你怕是我最后阶段中生命的握有者吧！我，怎末讲呢？我若没有你，那是只有坚决的去死呵！我理性上是不要死，情感也一定要自杀的……”

“姊姊，你听我……”

她把这封信背了这许多，沉重又在她的心头了。

但是学生们的喧声叫醒了她，她看看她们，呀，她们的脸，她们的脸！疲劳，兴奋，混在一起。她们是奴隶，她们是社会建筑地下室中的小草，但她们却一些死的表现都没有！她们单独的，或整个的都表现着一种向上的蓄意，她们是准备着获得什么东西，她们是准备着完成一些什么的！她们苦心地读着不熟习的字句，但每一个音节都用着整个生命所流露的力量，她们仿佛是列疾驰着的火车，从没有停下来想一想：

“这有什么用呢？

她们用她天真的心坚信着，她们的努力是会有报偿的，……

林英看了，理性支配了她，她于是对自己说：

“我要回他一封信，我要打破他的幻灭！”

她坚决地握一握拳头。

“曼妹，”林英一踏进房门就兴奋地叫她的表妹，“我今天得到一个信念，我以为少认识一个人总少一分痛苦……”

但使她吃惊的是，她表妹并没有回答她。

“怎末的？”

“没怎末的，”她低声唵气地说。

“我知道了，你不是为了你家里的来信吗？这又有什么呢？”

“但我是不知怎末的惶惑。……”

“我要告诉你的是我今天得到了很多新的启示，我是觉得更坚强了。曼妹，你不要难受，这是小问题，读书没有读，不算什么事。一个人一生就是一个学习的过程，难道一定要进学校的吗？这是容易解决的，容易解决的，就是岑那末烦闷的情绪，我也决心去把他打破……”

谈话是无趣味的，林英是兴奋，表妹是颓然地沉默。……

她果真写了一封信给岑，但写不到一半扯碎了。她说：

“其实，这都是无聊！……”

她于是推开抽屉，拿出她的纸包来，慎重地誊写她的记录与决议案。

心里想：

“而且明天小洪厂内事，实在是非常严重的问题。”

1930 年 2 月 18 日

# 后记·关于殷夫

# 生平：短暂的一生，战斗的一生

殷夫，原名徐白，笔名有徐殷夫、白莽、文雄白、任夫、殷孚等，殷夫是他最为常用的笔名。

1910 年，殷夫出生于浙江象山的普通农村家庭，有三个哥哥、两个姊妹，其中有两个哥哥是当时国民党军队的校级军官。从小殷夫就便被哥哥们灌输他们的思想模式，但他却毅然走上了无产阶级的革命道路。在《别了，哥哥》中，他怀着感激之情与哥哥诀别，他写道："你诚意的教导使我感激，你牺牲的培植使我钦佩，但这不能留住我不向你告别，我不能不向别方转变。……但你的弟弟现在饥渴，饥渴着的是永久的真理，不要荣誉，不要功建，只望向真理的王国进礼。……别了，哥哥，别了，此后各走前途，再见的机会是在，当我们和你隶属着的阶级交了战火。"不同于哥哥们的态度，母亲对殷夫参加革命活动是从来没有阻拦的，只常常嘱咐他："一切你自己小心！"他的妹妹也很支持他参加革命。当时，殷夫因为进行革命活动被哥哥们软禁，她就曾帮助殷夫与外边联系。在 1929 年写的《妹妹的蛋儿》一诗中，殷夫饱含深情的表达了对妹妹的赞颂。

1926 年秋，殷夫越级考入上海浦东中学，并秘密加入中国共产主义青年团，成为革命队伍的一员，开始了他的革命之路。1927 年，他又考入了上海同济大学学习，经常参加校内外的秘密革命活动。之后，由团转党，成了中国共产党的一员。1928 年，因参加革命活动被反动当局逮捕，后在其家人的周旋下得以保释。保释后，应党组织要求，殷夫转移至象山，以“小学教员”的身份作为掩护，秘密从事革命活动，1929 年初才得以重回上海。经过一段时间的流浪后，他与党组织联系上了。之后他全身投入地下革命，从事青年工人运动工作。1930 年，他参与发起中国左翼作家联盟，1931 年，于上海龙华被国民党政府杀害，成为“左联五烈士”之一。那一年，殷夫 21 岁。鲁迅闻讯后，写下了《惯于长夜过春时》《为了忘却的纪念》两篇悼念文，表达沉重哀思。

殷夫的一生是极为短暂的，但是在这有限的生命里，他却一直都在战斗着，他身上也永远闪耀着英雄的光芒。

# 创作历程：从梦的呢喃到火的呐喊

殷夫所留下的作品数量并不是很多，但是他在中国现代文学史上的地位是不容忽视的。他的代表作有《呵，我爱的……》《五一歌》《一九二九的五月一日》《宣词》《血字》《孩儿塔》《我们是青年的布尔什维克》《前进吧，中国》《归来》《别的晚上》《别了，哥哥》等。鲁迅曾在殷夫的《孩儿塔》序文中，称赞他的诗作“是东方的微光，是林中的响箭，是冬末的萌芽，是进军的第一步，是对于前驱者的爱的大纛，也是对于摧残者的憎的丰碑。一切所谓圆熟简练，静穆幽远之作，都无须来作比方，因为这诗属于别一世界。”殷夫创作的诗歌总量已无法查证，目前保存下来的一共 110 首诗。评论界一般以 1929 年殷夫从事职业革命为界，将殷夫的创作分为前后两个时期。

受当时新月派的影响，少年时期的殷夫是富于幻想的。在早期的诗歌中，充满了他对现实生活和想象中的世界的一种痛苦的思索和探寻。他开始向现实，向痛苦而艰难的人生，向这个不公道的罪恶社会发出自己的声音。但是此时的他还不能认识复杂的现实的本质，只能对着这一切，发出深沉的叹息。孤独和失望的情绪流转在这些作品中。在《放脚时代的足印》中，他写对美好自然的欣喜，“春给我一瓣嫩绿的叶，我反复地寻求着诗意”，他写初恋引发的内心波澜，“我初见你时，我战栗着，我初接你吻时，我战栗着，如今我们永别了，我也战栗着”，他写对希望的追寻与幻灭，“希望如一颗细小的星儿，在灰色的远处闪烁着，如鬼火般的飘忽又轻浮，引逗人类走向坟墓”。他写自己的坚持，“泥泞的道路上，困骡一步一步的走去，它低着它的头”。那时的他歌颂自然、爱情，虽然对光明的追求与对黑暗的谴责也会交织于一体，但整体诗歌的抒情意味较浓郁，言语富有诗意。如在《呵，我爱的》中，对心仪女子的爱意抒发，是如此的浓烈，“她好似一朵红的，红的玫瑰。”“她的发香，似幽兰；我们同数星星，笑白云儿多疏懒。”“呵，我的爱是一朵玫瑰，五月的蓓蕾开放于自然的胸怀。”

但 1929 年以后，不管是诗歌内容，还是语言意象上，都有别于早期的诗歌风貌，印有明显的政治性。殷夫自觉地将个体命运与底层民众的命运结合起来。因此，在诗歌的形式上，其后期的创作都是其自觉的追求。

他的诗歌印有明显的都市痕迹。咖啡店、电影院、跳舞场、远地的工场等等，这些专属都市的建筑景观，都并不陌生。在他的笔下，大都市成了阶级对立的战场，他借此在诗歌中营造出了一种恢宏壮阔的意境。在《一九二九年的五月一日》中，他写“怒号般的汽笛开始发响，厂门前涌出青色的群众，天，似有千万个战车在驰驱，地，似乎在挣扎着震动”，工人暴动时的声势，在寥寥数语中，被推到了极致。他也热衷于借助这种尖锐的阶级矛盾营造诗歌的内在张力。在《五一的柏林》中，他在暴动者与宪兵之间的“雷电似的冲突”中，看到了双方之间那“铁与铁，肉与肉 ，血与血”的猛烈碰撞，看到了“暴乱的笑容”在街道上，在整个世界里展开来。读殷夫的诗歌，我们很容易能感受到了他内心火热的激情，感受到了一种强大的气场在诗歌中流淌。不同于当时“新月派”的风格，这是一种有力量、有生命力的美。

对于典型细节的提取也是他表达特定心境的手法之一。他笔下的都市，沉浸在纸醉金迷中，在腐烂，在堕落。诗人用无度的性欲暗喻着都市的道德沦丧。街角的妓女呼唤着，“来……”（《无题的》）；汽车里，“太太乐得发抖，勾情调人又得及时上手……呵，女眼女腿满街心”（《春天的街头》）。他写都市中人们的反抗，在《一九二九年的五月一日》中，他写“我在人群中行走，在袋子中是我的双手，一层层一叠叠的纸片，亲爱地吻我指头”，借由那藏在口袋中的传单与深入口袋中的手的接触，他用亲吻来关联两者，生动形象地表达了自己对革命的激动和内心对此的尊重。他写“我突入人群，高呼：‘我们……我们……我们……’白的红的五彩纸片，在晨曦中翻飞像队鸽群”，人们的高呼，飞舞的纸片，像鸽群四处飞散，营造出一种极为热烈亢奋的情绪氛围。这些对细节的生动描述，不同于口号化的呼喊，不仅让诗歌更加的鲜活，而且在一定程度上也引发读者的深思。

此外，殷夫在诗歌中大量采用排比、反复等手法以及生活化的语言，使得诗歌的旋律更加气势磅礴。在《时代的代谢》中，他写道：“怒气是该爆发了！愤意是该裂炸了！昔日，我们在地底，流血，放汗，劳筋，瘁骨！今日，你们走向桌下去吧！我们要以劳动的圣歌，在这世界——日光耀放，寒冰流解，——建筑一座人类的殿堂。”铿锵有力的宣告了自己希望改造这个世界的决心和热情，让人读罢不自觉的斗志昂扬。

这就是殷夫，或许有人会觉得他的诗歌指向性过于单一，诗歌所蕴含的思想感情也不够丰富，但是也正是他，在那个时代，以他的政治抒情诗，让那“暴乱的笑容展开在街头”。

## 艺术成就：时代风云的歌者

20 世纪 30 年代，在经历了“四·一二”反革命政变后，广大左翼知识分子面对血腥镇压，迅速变得革命化、激进化。他们四处宣扬斗争与反抗，表现出与大时代同步的左转倾向。由此，在短短的几年内，无产阶级的革命文艺运动在中国文坛上风生水起，产生了巨大的影响力。而殷夫的政治抒情诗也正是这种时代情绪的产物。虽然他不是最早创作无产阶级政治抒情诗的诗人，但就创作的艺术成就论，殷夫可算得上是这一诗歌潮流的代表性诗人之一。

那时，大多数的左翼文学作品都是些空洞的呼喊、口号等说教类文字，缺乏艺术审美性。文学的功利性在那个时代被极致的放大。而唯独不同的是，殷夫的政治抒情诗却在政治性与诗性之间达到了一种和谐。他喜欢描写那些内心的感觉，很少对那些客观场景进行写实式的描述。读殷夫的政治抒情诗，你能明显感受到一种“力”的回荡。在《意识的旋律》中，这种回荡在诗人的意识中突然的迸发，“呵！高音的节奏，山高的浪头！《月光曲》的序幕开展，洪大的巨波起落地平线！碧绿的天鹅绒似的波涛，在天边，天边，夹风怒嚎！卷上昆仑的高顶，振动满缀石窟的长城！愤怒的月儿血般地放光，叛逆的妖女高腔合唱！”诗人将各种无逻辑的碎片联系在一起，从浪头想到月光曲，再到碧绿的天鹅绒，再到哀嚎的风，最后到那高声歌唱的叛逆女妖。诗歌以音乐的节拍不断变化着，推动着内在情绪一步步走向高潮，“最高，最强，最挤的音节！朝阳的歌曲奏着神力！力！力！力！大力的歌声！死！胜利！决战的赤心！朝阳！朝阳！朝阳！憧憬的旋律到顶点沸扬，金光！金光！金光！手下生出了伟大翅膀，旋律离了键盘，直上，直上天空飞翔，飞翔！飞翔！”在为纪念“五卅”运动而作的《血字》一诗中，诗人在想象中再次目睹了当年淌在地上的鲜血，并在意识中无限放大了血色的浓烈，在诗人感觉中，“血液写成的大字，斜斜地躺在南京路”，并且呼唤它突然站起来，“把你血的光芒射到天的尽头，把你刚强的姿态投映到黄浦江口，把你的洪钟般的预言震动宇宙”，这是强烈情绪驱使下的刹那幻觉。

另外，殷夫的诗歌中具有强烈的都市意识。都市除却污浊的一面，其日新月异的发展，其背后勤勤恳恳劳作的无产阶级，则是属于都市的另一面。而这些则是诗人肯定、赞美的。其实，诗人早已明了，要跟上时代的脚步，离不开都市，离不开都市那广大的无产阶级。“你高慢地看着上海的烟雾，心的搏动也会合上时代脚步，我见你渐渐把淡烟倾吐，你变成一个烟突，通着创造的汽锅”。（《梦中的龙华》）上工的工人已经在街尾熙熙攘攘；街上，店铺的门早已打开；“老虎灶前已涌出煤烟，惺忪睡容的塌车夫，坐在大饼店前享用早点……”整个城市，伴随着熙攘声、呵欠声、咀嚼声、吆喝声……，渐渐从沉睡中苏醒，“满街都是工人，同志，我们”，“满街都是喜悦的笑，叫”，而对殷夫而言，这些正是属于新时代的声音。（《一九二九年的五月一日》）

那些象征都市现代工业文明的各类意象，诸如机械、汽笛、烟煤等，在诗人的诗歌中也大量的出现。《前灯》中，火箭般飞射的汽笛，波浪般咆哮的电子等等，让不禁高喊“呵哟，机械万岁！呵哟！引擎万岁！”。这是现代工业文明的直接产物，它们与广大无产阶级的辛勤劳作创造，与广大无产阶级的坚强意志，与广大无产阶级的不懈斗争，是息息关联的。

都市的发展，也带来了人们生活方式的转变，特别是女性形象的变化。看，新时代的女性也完全不同于过去，“鞋跟提得高高，头鬓卷而又卷，粉花拍而再拍，再把白手裹进丝的手套。”她是健美的、是笔直的、是轻捷的，“即使在群众的会场上，你的声音没有一些羞涩。”她辛勤劳动着，虽然“手为劳作磨得粗黑，两颊为风霜吹得憔悴”，但你不再是卑微的，不再是附属品，你有更为清脆的笑声，你有更英伟的眼神，此时的你是与时俱进的。(《写给一个新时代的姑娘》）可见，相较于那个奢靡的资产阶级生活模式，殷夫所认同的是无产阶级劳动者们的积极乐观的生活模式。在这种对都市既诅咒又歌颂的矛盾心态中，我们看到了诗人的复杂心理感受。

再者是诗歌中那个抒情形象的转变。这里主要指的是诗人的自我形象。在《孩儿塔》中，我看到的形象是一个总沉溺在内心痛苦和绝望中的人，而在殷夫后期的政治抒情诗中，我们看到的更多的是一个有明确人生追求的形象，像在《血字》中，他所写的“我是一个叛乱的开始，我也是历史的长子，我是海燕，我是时代的尖刺。”在《一九二九年的五月一日》中，“我”成了工人大罢工的组织者。当“我”与无数的男女走在一起，“我”感受到了“这儿宇宙是一个旋律——生的，动的，力的大意”；在散发传单时，“我”被捕了，但“黑暗的囚牢却没把我心胸占领”，因为“我们的心是永远只一个，无论我们的骨成灰，肉成泥。”这里的“我”是一个坚定的革命者的形象。这个个体的“我”是那个千千万万反抗群体的代表，他们不再沉默，他们开始觉醒，开始迸发出巨大的力量。这是一种类似于开天辟地的力量，可以摧毁一切，就如他在《我们》所写的“我们的意志如烟囱般高挺，我们的团结如皮带般坚韧，我们转动着地球，我们抚育着人类的运命！我们是流着汗血的，却唱着高歌的一群”。可见，不同于之前的那个随时随地苦闷而又感理想幻灭的形象，这是一个无产阶级觉醒的革命者形象，这是属于新时代的新的形象，也是属于新文学的新的形象。

“生命诚宝贵，爱情价更高；若为自由故，二者皆可抛”。这是殷夫翻译匈牙利诗人的诗句。而这句话也正诠释了他的一生和创作生涯。但在他 21 岁时，一切都戛然而止了。

何薇

2020 年 5 月